SECOND TOUR
ou les bons sentiments

DU MÊME AUTEUR :

Les Vies extraordinaires d'Eugène,
Jean-Claude Lattès, 2010.
Ils sont devenus français, avec Doan Bui,
Jean-Claude Lattès, 2010.

www.editions-jclattes.fr

Isabelle Monnin

SECOND TOUR
ou les bons sentiments

Roman

JC Lattès

Maquette de couverture : Bleu-T.
Photo de la bande : *La Jetée* de Chris Marker © 1963 Argos Film

ISBN : 978-2-7096-3691-9

Première édition février 2012.

À Nicolas, celui sans qui.

« Qu'elles durent toujours
Quelle plaisanterie
Elles se terminent à l'infini
Leur éternité nous poursuit »

Alex Beaupain, *À nos amours*

« L'air semble plus léger,
c'est indéfinissable.
On a envie de se parler, de s'aimer,
de se toucher, et de tout recommencer. »

Vous étiez là pour mes 20 ans, accompagnez-moi pour mon passage à la cinquantaine.

Nous ferons la fête le 5 mai 2012 à partir de 20 heures, et le lendemain, mes amis, nous GAGNERONS la présidentielle.

Jipé

ps : on peut venir en voiture, on ne se la fera pas casser, et avec une bonne bouteille c'est encore mieux.

Appartement 1601
4, impasse des Lilas à Pantin,
métro Porte-de-Pantin
RSVP : jp@jipé.com

Première partie

Désigner les candidats

Désigner les candidats

(1)

Si nous bougeons ainsi, c'est que nous sommes encore en vie. J'ai pourtant attendu si longtemps dans ce couloir, minuterie, détergent, vieille soupe, que j'ai cru que jamais l'on ne m'ouvrirait. J'ai même pensé m'en retourner sans insister, tant pis pour la route, rentrer chez moi, loin de ces amitiés anciennes qu'il vaudrait peut-être mieux ne pas réchauffer. Personne ne l'aurait su, pas même Kim Wilde que j'entendais brailler de l'autre côté depuis cinq longues minutes quand enfin.

Joyeux anniversaire, Jipé.

Je tends mon paquet cadeau, un T-shirt au portrait de Léon Blum, et Jipé me serre dans les #bras jusqu'à me soulever. Autour de nous, déséquilibrés par cette étreinte mal chorégraphiée, si raide de mon côté, trop électrique du sien, des gens dansent à la cadence de la boîte à rythme de *Kids in America.* Des adultes. Chauves, gras, absurdes, mourants. Si nous bougeons ainsi, malgré nous emportés par le mouvement des autres, c'est que nous vivons. Ma nuque ruisselle de cette angoisse métallique qui, ce soir comme tous les autres, ne me quitte guère. À peine un répit de temps à autre, au détour d'un sommeil ou d'une bouteille, illusoires pansements qui jamais n'apaisent. Jipé m'a lâché. Il fait très chaud dans cette pièce, et sombre, ou alors ce sont les premiers signes du malaise cardiaque, celui qui me torture de toujours s'annoncer sans jamais survenir. Cette douleur, là, au fond du bras gauche, ne trompe que ceux qui préfèrent ne pas savoir. Le rythme des battements de mon cœur s'accélère, j'ai l'impression de manquer d'air. Si je dois m'éteindre maintenant, après tout, l'endroit est bon, la compagnie parfaite. Je n'ai pire terreur que celle de mourir seul dans mon lit. Le facteur mettrait des semaines à s'étonner de mon absence, le téléphone sonnerait trop rarement pour que quiconque s'inquiète de ne pas avoir de réponse et la boulangère ne se préoccuperait pas de ma disparition. Tous mes efforts pour ne dépendre de personne aboutiraient à cela : mourir seul et pendant si longtemps qu'on ne trouverait de moi qu'un tas déjà poussiéreux. Mes os blancs dans mes vêtements devenus lâches linceuls.

Jipé a mis notre vieux tube, *Changes* de David Bowie. Il remue au milieu de la pièce, il s'est rasé le crâne pour masquer une calvitie monacale. Toujours cette façon de danser essentiellement avec les mains, une Dalida en pantalon anglais et chemise ajustée. Il me prend à nouveau dans les #bras, pose ses doigts sur ma joue, *Oh mon Pierre comme je suis heureux que tu aies pu venir, alors toujours pas pédé ?* Il touche mon ventre, son rire est le même, incroyablement le même, *Non non, toujours pas pédé Jipé.* Il m'entraîne maintenant vers la table et m'offre une coupe de champagne. Elle est fraîche dans ma main moite et se couvre de buée à son contact. Jipé me tourne autour comme une mouche énervée. *Et ton appareil ?* me demande-t-il. *Je ne l'ai pas pris*, dis-je sans entrer dans les détails.

Le salon est plein de danseurs. J'en reconnais certains, pas d'autres, sans doute les amis d'aujourd'hui de Jipé. Mais, trop peu de lumière, je distingue mal dans cette pénombre mouvante et électrique. Au fond de la pièce se découpe une large porte-fenêtre, format panoramique, proportions d'écran de cinéma. Elle donne sur une terrasse où papotent des grappes de femmes en talons. Je pense à un poème de T.S. Eliot, le seul que j'aie jamais mémorisé, *In the Room the Women Come and Go, Talking about Michelangelo*, cette lumière un peu orangée, cette nuit qui tombe en rideau outremer, ces femmes qui m'ignorent et m'échappent, indistinctes, abstraites et pourtant familières. Je plisse les yeux pour mieux les voir, il faut faire la mise au point pour que les détails apparaissent et comme toujours me rassurent. L'une d'elles a les cheveux entièrement gris, et longs jusqu'à la taille, une autre tient ses #bras croisés comme une institutrice surveillant un contrôle, une troisième est au téléphone mais je les oublie déjà. Une silhouette capture mon œil, l'attire sur elle sans qu'il puisse s'en détourner : elle est légèrement cambrée en arrière, bouleversante courbure des reins, son #bras est plié derrière sa tête, sa si petite, si émouvante tête. Mon cœur a un bondissement de reprise, de mon #bras la douleur se dissipe, ce n'est plus le moment de mourir. Je sens dans mon ventre renaître une chaleur. L'échafaudage de mes angoisses se brise en un millier d'infinitésimaux, petites bulles qui éclatent gaiement. Il faudrait que toute agitation cesse autour, que le bruit s'arrête, que tout se fige pour conserver la pureté de ce #bras plié derrière la tête, coude délicatement levé. J'ai envie de crier *Silence !* mais je reste suspendu, sans oser un mouvement, surtout ne pas rompre le charme.

Qu'il est joli ce geste. Il n'a pas vieilli d'une heure, il est là, comme s'il m'attendait depuis trente ans, posé exactement au même endroit, à l'angle parfait de la nuque que les cheveux relevés laissent apparaître. Ce geste, de protection et de détente à la fois, ne peut être exécuté au millimètre près que par une seule personne au monde. Celle-ci est gracieuse, magnétique, inoubliable. Et devant moi : Jeanne.

Elle ne m'a pas vu. Quel bonheur d'être le premier des deux à savoir que nous sommes là, même endroit, même moment, ensemble. J'ai vingt ans à cette seconde, l'énergie des survivants et l'enthousiasme des débutants. Je viens de la voir arriver au café où nous nous retrouvons après les cours, elle est nouvelle dans le groupe, je ne sais plus qui la présente, je m'en fiche, je veux déjà lui plaire. Je tiens une cigarette entre mes lèvres, la fumée m'oblige à plisser les yeux, je me lève d'un bond et lui propose ma place au centre de la tablée. Elle préfère se mettre au bout, elle attend quelqu'un mais déjà, je sais, elle sait, qu'elle ne l'attend plus vraiment. Simple pull-over à col rond sur une jupe droite, les yeux soulignés de noir, la peau veloutée et pâle, le visage d'un ovale exact. Nos regards se frôlent, j'ai immédiatement envie de la voir nue. Et puis arrive celui qu'elle attendait. Il pose sur son #bras sa main de propriétaire, elle lui tend un sourire reconnaissant, ils filent au cinéma ou *dîner*, comme disent les Parisiens, chez ses parents ; je partirai avec Lise, Nicole ou Chantal comme chaque fois ou presque que nous nous verrons, erreur de nos vingt ans, torture de ces trente dernières années.

La silhouette est la même, à peine épaissie, toujours un peu trop petite, et ses pieds s'agitent comme des pinceaux. Il faudrait pourtant qu'elle ne bouge pas pendant que je fais le point, je ne veux pas de flou pour cette image. Elle est vêtue d'une robe bleu marine à courtes manches, ses jambes claires me font penser aux signaux lumineux indiquant une piste aérienne la nuit : par là par là l'avion, par là par là Pierre. Il me faudra d'abord traverser cette pièce sans trébucher, bien calculer les distances, éviter les obstacles sur ma droite, avoir l'air à la fois calme et absorbé, qu'on ne dévie pas ma route par quelque détournement mondain, qu'on ne m'empêche pas. Je les verrai bien assez tôt les autres. Je ne transpire plus. La concentration demandée est extrême. Comme il y a trente ans, la même : ne pas me ruer sur elle que je n'espérais même plus. Nous ne sommes pas des animaux, je ne suis pas un mort de faim, juste vivant puisqu'elle bouge à quelques mètres de moi. La civilisation est mon devoir, elle se rappelle à moi par leurs vêtements de bonne coupe, leurs cheveux propres et les bagues à leurs doigts. Je ne suis qu'un sauvage invité temporaire à partager cet élégant savoir-vivre parisien. Je saurai dompter mon élan, j'ai tout mon temps, j'ai compris la patience.

Jipé me ressert du champagne. Il a parlé pendant tout ce temps, je ne saurais dire de quoi. Il a l'air heureux, cette douceur fraternelle. Il appelle un homme en chemise cintrée qui passe par là : *Mon Pierre, let me introduce, mais sans cochonnerie hein, Max, mon pacs et le père de mon chien.* Toujours les mêmes vannes : et si l'humour de Jipé était l'invariant de nos vies, le rassurant de nos existences ?

Max me salue et, chaleureusement, propose de me faire visiter l'appartement. Ils l'ont acheté il y a deux ans. C'est le logement que l'architecte qui a construit la cité dans les années 1960 s'était réservé. Trois chambres, cent cinquante mètres carrés au seizième et dernier étage de l'ultime barre sortie de terre dans ce bout de Pantin, qui n'était alors qu'une vaste antichambre urbaine. L'architecte, qui s'appelait Oskar Schell, y a vécu plus de quarante ans et à sa mort ses héritiers ont vendu : aucun d'eux ne voulait vivre dans ce quartier, si près, juste le périphérique à traverser, et pourtant si loin de Paris. Max et Jipé n'avaient pas peur de vivre ici ni surtout les moyens d'acheter cette surface avec terrasse de l'autre côté. La terrasse, le clou du spectacle, je le savais déjà. De là, me dit Max, on a vue à cent quatre-vingts degrés sur Paris, on peut contempler le Sacré-Cœur et la tour Eiffel. Et même Jeanne, mais il ne le souligne pas. L'appartement est agencé en U autour de cette terrasse où une femme bouleversante au coude délicatement levé m'attend sans le savoir. Dans le salon trône un canapé jaune, un peu étrange, dépareillé. *Nous l'avons récupéré chez un couple d'amis qui est parti vivre à New York*, me précise Max. Pour le reste, les meubles sont italiens, Max adore la décoration, la cuisine est suréquipée, Jipé aime cuisiner, le sol est en bois exotique et le panier du chien recouvert de lin provençal épais. L'ensemble contraste avec la pauvreté des étages inférieurs qu'on devine à leurs stores fanés et aux vélos qui traînent dans des loggias encombrées d'antennes paraboliques. Ils connaissent un peu les voisins, dit Max, *mais tu sais comme c'est* : difficile d'entrer vraiment en contact, ici comme ailleurs, on se croise aux boîtes aux lettres, en allant promener le chien, dans l'ascenseur, mais la plupart du temps les gens sont chacun chez soi. *Malgré tout, c'est cela, la mixité sociale*, continue-t-il : on vit côte à côte. Arabes, Chinois, Africains, Europe de l'Est : le monde entier semble s'être donné rendez-vous dans cette barre. Les enfants, parfois, sont bruyants et dégradent les parties communes, mais les problèmes sont finalement assez rares si l'on fait, dit-il, *le ratio per nombre d'habitants* (prof de maths, Max ?). *Il faut dire que, heureusement pour nous, il y a une majorité de propriétaires dans l'immeuble, à la différence des autres bâtiments de la cité des Fleurs.*

Il y a heureusement une majorité de propriétaires : le genre de phrase que je n'aurais jamais pu imaginer entendre un jour de la part de l'ami de Jipé.

Une des pièces est un immense bureau, qui donne lui aussi sur la terrasse. Les murs sont recouverts de livres. Jipé s'est spécialisé dans la Première Guerre mondiale, m'apprend Max, il collectionne les témoignages des soldats. Un grand nombre d'entre eux ont été publiés, parfois à titre posthume. Il les achète dans les brocantes ou sur Internet. Il en possède plus de six cents. L'année dernière, il en a fait une exposition dans son lycée, un travail important qui lui a valu beaucoup de reconnaissance et un peu de jalousie de la part de certains collègues.

Jipé était passionné par les révolutions sud-américaines lorsque je l'ai connu. Il serait plus exact de dire lorsque je l'ai reconnu : nous avions la même maladresse, moi du campagnard, lui de l'ouvrier, à faire nos premiers pas dans cette école où Mai-68, même dix ans après, semblait n'avoir rien changé aux chemises repassées des garçons et aux chaussures trop pointues des filles. Beaux quartiers, belles études, belles ascendances, *beaux culs, belles gueules*, disait Jipé : nous avons bâti notre complicité sur le malaise d'être plongés dans ce monde dont les codes nous échappaient autant qu'ils nous fascinaient. Je suis devenu l'ami de Jipé le jour où un type, aujourd'hui baron cocaïnomane de la télévision, s'était moqué du revers trop haut de son jean : *Eh le plouc, tu vas pêcher les grenouilles ?* Ça avait fait rire des filles aux cheveux lisses et provoqué chez moi colère et indéfectible solidarité envers Jipé qui, déstabilisé, bredouilla une de ces mauvaises reparties qu'on peut regretter toute une vie. Je lui proposai d'aller boire une bière, une seule car dans ce quartier aseptisé elles coûtaient le prix de trois pintes de chez nous, et nous avions passé la soirée à imaginer quoi répliquer au fils à papa en mocassins à glands. Nous ne nous sommes plus quittés.

La première année, nous l'avons passée ensemble, sans parler à personne d'autre, écoutant Bowie et les Clash et mangeant des boîtes de conserve monotones dans la chambre de mon foyer pour jeunes travailleurs. J'avais atterri dans cette école parce que mon grand-père l'avait désiré depuis toujours. Je ne sais combien le vieux avait économisé pour ces études mais je n'aurais pu le décevoir et lui dire *Non merci papé, je préfère travailler au garage à SEVF, comme les autres, comme Paul et Marco.* Jipé, lui, avait été le lauréat d'une bourse attribuée chaque année à un étudiant particulièrement méritant par l'usine où son père, ses oncles et tous les hommes qu'il connaissait, à part les enseignants, les médecins et les commerçants, travaillaient. Jipé voulait quitter sa province, pour vivre sa sexualité librement, et il s'intéressait à la politique – comme son père et tous ses oncles ; c'est ce qui lui faisait malgré tout aimer le nom de cet établissement parisien suffisamment grand pour notre ambition, changer le monde : Institut des études politiques.

Après cette année d'observation critique, nous avions moins peur à la deuxième rentrée. Dans un cours sur le cinéma documentaire social, j'ai rencontré Nadine et Gérard, qui étaient aussi peu parisiens et tout autant porteurs de Clarks que nous. Un horizon s'ouvrait, y entraient des gens différents, certes un peu plus riches que nous mais bienveillants et curieux. Nous découvrions qu'une autre catégorie sociale existait entre nous et les gosses de riches arrogants : les petits-bourgeois intéressés par le monde. Nadine et Gérard sont partis depuis vivre à Bali, je crois, mais c'est par eux que nous avons établi le contact avec le groupe avec lequel nous allions entrer, confiants et insolents, dans les années 1980, *La promo*, comme disait Jipé qui en est vite devenu greffier en chef.

[Jipé à la casquette]

C'est un portrait de Jipé. Peut-être le premier que j'ai réalisé. Il est assis par terre, seul visage dans le cadre. De chaque côté de lui, des jambes de jeunes danseurs. Les chevilles des filles sont fines et les garçons portent pantalons clairs, espadrilles et chaussures molles en daim.

Aux pieds des danseurs, on aperçoit les restes de la fête, verres en plastique, bouteilles vides et cotillons. Jipé fait une pause, il a plié ses jambes qu'il entoure de ses #bras. On imagine qu'il vient de porter un regard circulaire à tous les amis qu'il a réunis pour célébrer ses vingt ans. Il porte une veste en jean sans manches sur un T-shirt blanc. Sa chevelure épaisse dépasse de la casquette un peu large qui couvre sa tête. La lumière est légèrement rouge. Dans ses yeux, un néon se reflète, comme deux traits, petits tubes jaunes qui les rendent presque transparents. Son visage est encore rond, enfantin. Il regarde l'objectif en face. Il a l'air fatigué mais heureux, il fait de la main droite le geste de la victoire, deux doigts levés en V.
#anniversaire, #Paris, #jeunesse, #20 ans, #Jipé, #danseurs, #cotillons, #casquette, #bras, #solitude

Je ne sais pas ce que Max fait dans la vie. Je n'ose lui demander s'il a connu Jipé dans une salle des profs – ou à une réunion syndicale ? Je suis las de ces résumés que nous égrenons, emplis d'activités professionnelles parfaitement secondaires et toujours exempts du principal, ces nœuds qui nous lient aux autres bien après qu'ils ont quitté nos vies. Nos amours fragiles et incertaines, nous les taisons ; nos peines inconsolables, nous n'en disons rien. Dans le couloir, nous croisons un groupe de cinq ou six personnes en pleine conversation. Max fait les présentations : ce sont justement des collègues de Jipé, ils travaillent dans le même lycée que lui. Je retiens, en serrant leurs mains, quelques prénoms : Mohamed, Emmanuelle, Claire, Stéphane, Alexandre et, me semble-t-il, Nicolas. Nous nous disons enchantés de nous rencontrer, promettons de nous revoir après la fin de la visite de l'appartement, puisque Max m'invite à la poursuivre.

Leur chambre est occupée par une commode surmontée d'un écran géant, face à un immense lit, recouvert des vestes de tous les invités. C'est une de ces journées de mai où la ville est déjà poisseuse et puante de canicule, il fait près de trente degrés mais les Parisiens ne peuvent sortir de chez eux sans une veste pour se couvrir. Je n'ai rien à déposer, juste un œil par la porte vitrée qui donne sur la terrasse pour vérifier qu'y bouge toujours avec grâce la petite Jeanne de mes vingt ans. Elle me tourne le dos mais je sais qu'elle porte sur son interlocutrice son regard un peu oblique et intense, cette manière de transpercer l'autre qui me rendait fou. Au fond de la chambre, Max tient encore à me montrer la salle de bains attenante. *Nous nous sommes un peu lâchés sur la décoration ici*, sourit-il. On se croirait dans un sous-marin. Grande, entièrement carrelée de gris anthracite, des images de marins à pompons alignées comme à la parade. (Ou alors : Max est un ancien de la Marine ?) Des hublots s'ouvrent dans le toit et un périscope permet de regarder la ville au loin. On y voit la nuit bleuter le ciel d'encre marine. Une immense baie vitrée troue le mur au-dessus de la longue baignoire. Elle donne sur la terrasse. C'est une glace sans tain, m'explique Max, qui précise : la journée, la lumière *inonde* ainsi la pièce et l'on peut prendre un bain en contemplant Paris sans être vu. Jeanne n'est qu'à quelques mètres ; elle ne sait pas, l'inconsciente, combien elle *inonde* cet instant précis.

La porte de la salle de bains est une attraction à elle toute seule ; Max m'explique qu'ils l'ont trouvée lors d'une vente aux enchères à l'arsenal de Lorient et que la faire monter n'a pas été une mince affaire : les artisans de Pantin ne sont pas spécialistes des blindages militaires, et les Polonais non plus. Au-dessus des toilettes, une photo attire mon regard. Y figurent François Mitterrand et un chien noir. *C'est Baltique, le labrador, le chien qu'il a eu jusqu'à la fin*, me précise Max qui me voit approcher du cadre. *Tu sais, nous adorons les chiens Jipé et moi...* Je dis que je vais profiter des toilettes, il me quitte non sans m'avoir expliqué comment fermer (et ouvrir surtout) la porte blindée.

J'éteins la lumière, elle est là, juste de l'autre côté du miroir.

Elle parle avec Nathalie. Je ne sais si elles se retrouvent pour la première fois après toutes ces années ou si elles ont continué à se fréquenter. Tout le monde n'a pas fui comme moi. Des relations se sont soudées, Jipé m'a raconté de temps en temps, distillant les nouvelles du groupe comme un chroniqueur assermenté. D'autres ont été pulvérisées par les trahisons, la distance ou l'oubli. Pour celles-ci l'heure du pardon est peut-être venue à présent. Si c'était cela qui se jouait derrière la glace d'où je l'espionne ? Impossible de le savoir, mon œil n'est pas assez vaillant pour lire sur les lèvres. Elles ont l'air de toutes ces femmes qui parlent dans tous les pays où les femmes ont le temps de parler. Qu'elles discutent de leurs enfants, de leurs chaussures ou des derniers enterrements auxquels elles ont assisté, elles ont cet air de complicité éphémère et universelle.

[Ma mère et sa sœur sur les marches devant la maison]

Elles sont assises, ma mère sur la quatrième marche, sa sœur Hélène sur la troisième. Je reconnais la maison, les mêmes volets encadrent toujours les fenêtres. Un auvent vitré surplombe la porte d'entrée. Il n'existe plus : un ballon, tiré trop fort, a eu raison de lui un jour d'été et le verre n'a pas été changé, la structure métallique a été démontée. Le cadre est assez large pour que l'on distingue, à gauche de la bâtisse, trois vélos abandonnés dans l'herbe, un haut broc en métal blanc et le pommier qui déjà brandissait ses branches comme pour s'échapper par le haut de cette ferme sans fermier. Les deux sœurs portent des robes d'été et des chaussures élégantes et claires. Elles ont vingt ans ou un peu moins. Leurs cheveux sont légèrement bouclés. Elles semblent n'avoir pas remarqué le photographe (mon père ?) qui les a prises, chose rare sinon unique dans l'iconographie familiale, sans les faire poser. L'occasion qui a nécessité qu'elles portent leurs plus beaux vêtements a eu lieu déjà sans doute, à moins qu'elles n'en attendent le lancement. Elles semblent papoter, leur sourire est inimitable, de vraie fraternité. D'un geste protecteur, en lui touchant le #bras, ma mère enlève quelque chose, une poussière ? un cheveu ? une fourmi ? de l'épaule droite de sa sœur.

J'ai plus connu Hélène que ma mère, je l'ai aimée autant qu'une mère.

#campagne, #Cévennes, #années 50, #vélo, #femmes, #mère, #Hélène, #fraternité, #bras

De longues secondes je l'espionne sans rien capter de sa conversation et puis peut-être a-t-elle senti une présence derrière le miroir, elle se retourne. Je me fais immobile, une statue très réaliste. Elle fronce les sourcils, avance son visage, l'examine, réajuste une mèche de ses cheveux, mais elle ne m'a pas vu. Gros plan, je la contemple, j'approche mon doigt de la vitre et suis le contour de sa bouche. Elle a peint ses lèvres, c'est nouveau, d'un rouge foncé. Framboise écrasée autour de ses dents, elle ne faisait pas ça avant, peut-être du khôl sur les paupières, mais du rouge à lèvres de dame, non, jamais.

Jeanne est là.

À quelques centimètres et trois décennies de moi.

Je dois aller lui parler. Vite, avant qu'elle parte. Peu importe que *l'autre* soit dans les parages, nous jouerons la partition des vieux camarades d'école qui se retrouvent, les compteurs remis à zéro, le passif oublié. Je fais une halte au bar pour prendre un verre à lui offrir. Mohamed et Alexandre, les amis de Jipé que j'ai croisés dans le couloir tout à l'heure, picorent des tomates cerises. Ils me demandent depuis quand je connais Jipé, d'où je viens, si c'est bien moi qui ai été…

— Je viens des Cévennes et je connais Jipé depuis nos études, il y a fort longtemps. Et vous ?

Alexandre est prof de maths depuis vingt ans dans le lycée de Jipé. Il n'a jamais voulu en partir. *Je suis un pur et dur*, sourit-il, *un taré qui aime sa banlieue.* Mohamed est le censeur, le surveillant général du lycée. Ils se connaissent tous depuis une dizaine d'années maintenant, *C'est le travail au syndicat qui nous a vraiment rapprochés*, dit-il en gobant une tomate. *Il faut dire qu'on a eu quelques conflits avec notre ministère ces derniers temps…* S'il n'y avait Jeanne, là-bas, à clignoter au rythme des guirlandes électriques que Jipé a installées pour décorer la terrasse, je passerais la soirée avec Alexandre et Mohamed, ils deviendraient mes nouveaux amis. Mais elle détourne et accapare toute mon attention. Je dois la rejoindre. La terrasse fait comme un carré de lumière où elles apparaissent par intermittence, Nathalie et elle. Les deux complices discutent, aucune ombre d'ennui sur leur visage, il semble que rien ne puisse les distraire de leur conversation. Pourtant, au moment où Alexandre me propose une autre tomate cerise, Jeanne, dans un mouvement assez lent, fait pivoter son corps et me laisse entrer dans son champ de vision. Pour la deuxième fois de sa vie elle me découvre, avec certitude me reconnaît. Sa bouche s'arrondit, toute prête à sortir un son qui dit *Oh tu es là* (elle l'espérait secrètement). Ou alors c'est un Ah de surprise que ses lèvres préparent, *Ah tu n'aurais pas dû être là*, avant de s'en aller débarrasser quelques verres jusqu'à la cuisine, s'occuper les mains et filer *incognita*. Qu'elle ne dise rien, qu'elle ne parte pas, qu'elle ne bouge pas. Elle a baissé le regard pour se donner le temps d'analyser ce qu'elle vient de voir. Le champ est libre, mon œil peut la dévorer sans embarras. Il capte tout, va de sa bouche à son oreille, de ses sourcils à son menton, rien de supplicié ici, il en tressaille d'excitation. Le droit est à peine décoratif mais celui-là, le gauche, est musclé et vif comme un enfant de dix ans. Il s'agite dans son orbite, compensant toutes les défaillances de son jumeau, pour ne perdre aucune miette du spectacle.

La droite est morte, vive la gauche !

Les cernes sont accentués, petites coupelles d'ombres sur ses pommettes, et de chaque côté de la bouche, deux sillons verticaux encadrent son sourire. Ses boucles brunes sont capturées en un chignon grossier, elle boit toujours de la margarita, léchant à petits coups de langue le sel au bord du verre comme une enfant inquiète. J'essaye d'agripper son attention, j'aimerais lui sourire, la rassurer, qu'elle ne s'enfuie surtout pas. Mais revoilà Jipé qui me tombe encore dans les #bras, il est heureux, dit-il, de me voir, je suis en forme, il a eu si peur pour moi et que je ne vienne pas. Il ne se souvient visiblement pas qu'il m'a déjà embrassé il y a vingt minutes à peine. Il me confie à Michel le temps de me trouver une coupe, *Il fait une chaleur, hein*, dit Michel, qui n'a jamais su quoi dire, ancien petit étudiant transparent qui ne s'abandonnait qu'après plusieurs bières à imiter des guitaristes de hard rock, Michel devenu directeur financier d'une entreprise d'agroalimentaire, Michel devenu petit gros chauve mais toujours son bon sourire et un badge *Dégage* sur la veste, oui, une chaleur Michel, pardon je reviens, je vais prendre l'air. Une ronde a commencé au milieu du salon, une onde de sueur et de parfums mélangés gratte la gorge, il me faut la contourner pour parvenir à la terrasse. Ils chantent, *Chacun fait fait fait c' qui lui plaît plaît plaît, Mon dieu je peux même pas jouir*, je les aime de mépriser le ridicule. Des femmes crient d'une voix très aiguë *Tant pis pouw toi il faut dorwemir* en surjouant l'accent britannique. Je reconnais parmi elles Anne-Claude, la sœur de Jipé que nous surnommions *Acé* autrefois, puis par extension *Yabasta*. Elle m'aperçoit et sort du cercle. *Ah Pierre, ça fait plaisir !* Nous nous embrassons comme on le fait en province, sans effusion superflue. Elle est arrivée tout à l'heure avec le reste de la famille, dit-elle en tendant le menton vers le groupe où dansent son mari, Gérald, leurs deux fils, Guillaume et Laurent et leurs copines. Les parents de Jipé sont un peu fatigués, ils n'ont pas fait le déplacement mais Guillaume filme la soirée pour eux. Contrairement à son frère, Anne-Claude n'a pas quitté la ville de son enfance, elle continue de travailler à l'usine, où ses parents et ses oncles se sont usé les os pendant des décennies. Son mari est toujours aide-soignant à l'hôpital de Roanne. Ils sont bien, sourit-elle, *Ce serait impec si les gamins trouvaient du boulot.* Pour l'instant, ils n'ont que des contrats en intérim et encore, *de moins en moins.* J'ai toujours aimé Anne-Claude, plus jeune de quelques années que Jipé. Je la trouvais jolie et nous avions eu une aventure un été que je travaillais à l'usine avec eux pour faire un peu d'argent entre deux années universitaires. Franche, simple, sait ce qu'elle pense. Je lui donne à mon tour quelques nouvelles.

— Tout va très bien, m'entends-je dire sans laisser une chance à la nuance et à la vérité.

— C'est bien, faudra que tu voies Gérald, il a tout suivi de ton histoire, tu sais ? Il avait même mis une photo de toi dans la salle de repos de l'hôpital, c'est pas grand-chose mais si ça peut aider. Jipé t'avait dit je pense.

Jipé avait dû me dire mais dans un étrange mécanisme de défense, j'ai oublié tout ce qui a trait à cette période de ma vie. Gérald remue sur la piste avec ses fils et ses belles-filles. Ils portent des pantacourts et des T-shirts moulants, les filles ont décoloré leurs cheveux.

Je poursuis ma traversée jusqu'à la terrasse.

Encore un groupe à dépasser, un trio d'hommes en chemises, Mermont, Peursault et Bensa : ils me serrent chaleureusement la main et m'incluent immédiatement dans leur conversation. Ces trois-là étaient inséparables à l'école. Nous prenons des nouvelles, impossible avec eux aussi de ne pas sacrifier au rituel du CV express. Philippe Peursault commence. Après avoir fait ses classes avec un célèbre publiciste à la peau aussi bronzée que réversible, il a monté sa propre agence de publicité et de communication. Ses principaux budgets, me glisse-t-il sur le ton de la confidence, concernent désormais la communication de crise. *Un ministre se fait prendre en vacances tous frais payés par une dictature, une entreprise pharmaceutique se voit accuser d'avoir empoisonné des malades pendant des années, une actrice oublie que lorsqu'on est shootée, on évite de répondre aux interviews : notre job est de rétablir leur image, de réparer les dégâts. Nous sommes en quelque sorte les pompiers de la com*, m'explique Peursault, d'une formule dont je devine qu'elle n'est pas de la dernière fraîcheur. Rodolphe Bensa s'est lancé lui dans la production de films. Je me souviens que lors des tours de table organisés par les professeurs pour mieux nous connaître en début d'année, il disait être passionné de cinéma. *Ah très bien*, avait relancé la prof d'histoire, *quel genre de cinéma ?* Lorsque Rodolphe Bensa avait répondu *Euh, ben les westerns, principalement les westerns*, il avait provoqué les ricanements de la classe, mélange de mépris et de conformisme : j'avais ri, moi aussi, sans être sûr de trouver ridicule son amour de John Ford, mais parce que les autres riaient. Aujourd'hui la plupart des moqueurs donneraient cher pour que Bensa jette un œil à leurs projets car si sa société était une petite structure au départ, me dit-il, il a produit *quelques films qui ont bien marché ces dernières années*. Il me cite les titres, ça ne me dit rien. Me précise les noms des acteurs principaux, qu'il appelle des *talents*. Je ne suis pas sûr de les visualiser. *Désolé, les gars, je viens des Cévennes, faut pas m'en vouloir :* ma boutade surgit directement de nos années d'étudiants dont elle était devenue un gimmick.

Et faut pas m'en vouloir de savoir que ça va très bien se passer demain, rebondit Mermont en brandissant son téléphone. Il a toujours été comme ça : légèrement frimeur mais bon gars. *Je viens de recevoir les toutes dernières tendances*, dit-il en nous montrant des courbes confidentielles sur l'écran pâle de son appareil. Les analystes de son institut sont formels, les derniers sondages indiquent que la victoire est à portée de main. Il se tourne vers moi, enjoué : *Demain, on se refait le grand soir, Pierre, mais attention au bassin cette fois, hein ?* J'avais oublié cette histoire de plongeon, dans un bassin ridicule agrémentant le jardin de ses parents dans la banlieue ouest de Paris. J'y avais fini la soirée, ivre et tout habillé, au petit jour du 11 mai 1981. Cette nuit-là, la fête eut une intensité inhabituelle. Jeanne était là, bien sûr, fille joyeuse. Le sentiment de vivre un moment historique lui autorisait quelque liberté. Lorsque nous nous étions enlacés pour célébrer la victoire, passant de l'un à l'autre comme au Nouvel An, elle avait mis sa main dans mon cou. De toutes les caresses féminines reçues, c'est celle dont je me souviens avec le plus de précision. La délicate pression de ses doigts sur ma peau était à la fois un apaisement, une récompense et un paroxysme. Je savais que je ne pourrais en espérer plus. *L'autre* devait être alentour à décrypter les tenants et les aboutissants du mitterrandisme triomphant, à tempérer déjà notre enthousiasme. À l'attendre aussi pour lui faire l'amour une fois rentrés dans son studio. Moi je ne sais plus laquelle de Nicole ou de Chantal je fréquentais alors pour me consoler de ne pouvoir toucher Jeanne. Nous avions regardé les résultats chez les parents de Nicole, son père sautait littéralement de joie quand la tête du vainqueur s'est affichée sur l'écran. Il a dit *Bien fait Elkabbach*, c'est étrange que je m'en souvienne. Le champagne sortait de toutes parts. Nicole était une fille simple et jolie, avec des yeux bleus et des petits seins qu'elle laissait libres, sans soutien-gorge. Nous les surnommions *Union de la gauche*, d'un côté Marchais, de l'autre Mitterrand, ça la faisait rire. Je me souviens que cette anecdote avait fasciné mon frère. Rudy s'imaginait qu'à Paris, les filles étaient passionnées de politique et prêtes à blaguer sur leurs seins qu'elles laissaient embrasser sans difficultés. Un genre de paradis pour lui qui aimait les filles et la politique comme d'autres sont fans de football.

Une fois les premières bouteilles vidées, notre petit groupe avait couru en chantant à la Bastille, Jeanne sautillait, déjà trop petite, pour voir l'immensité de la foule trempée par l'orage, essorée de joie. Je l'aurais prise sur les épaules pour la brandir en trophée si elle l'avait voulu.

[En route pour la Bastille, boulevard Beaumarchais]

Je n'ai pas fait de photo ce soir-là, je n'avais plus de pellicule. Je n'ai pas pris cette image mais j'en ai un souvenir précis :

Gros plan sur Jeanne. La pluie fait coller ses cheveux sur son front. Elle sourit sans frein, la tête légèrement en arrière. Elle marche sur le boulevard encombré de voitures, de drapeaux, de coups de klaxon, elle va à la Bastille avec ses amis. À intervalles réguliers, elle lève les #bras en l'air. Elle est un triomphe.

#10 mai 1981, #Bastille, #Paris, #Mitterrand, #pluie, #bonheur, #voitures, #drapeaux, #Jeanne, #bras

Nous avions dansé une partie de la nuit à la Bastille avant de nous replier chez François de Mermont que nous appelions FDM parce que ça faisait américain. Il n'était l'ami intime de personne mais sa bonhommie et son énergie avaient fait de lui un des piliers de notre groupe. Nous avions vingt ans, un nouveau président, la vie à changer et une nuit mémorable à vivre. Avant de m'y atteler, je commençai par pisser dans le bassin paysager des Mermont qui préparaient autant leur exil fiscal que le reniement de leur fils. Ils étaient pourtant censés s'y connaître en comportement électoral, eux qui vivaient grassement des revenus de l'institut de sondages que le père de FDM avait créé dans les années 1960. Mais quelque chose leur échappait dans l'enthousiasme jamais démenti de leur fils pour la gauche. C'est d'ailleurs en jubilant que celui-ci nous avait ouvert les portes de la propriété de ses parents et non moins joyeux qu'il nous avait conduits jusqu'à leur cave. Je l'avais vécu, moi qui n'avais pas encore décollé la boue cévenole de mes semelles, comme un premier pas vers la collectivisation des richesses.

Ce soir je n'ai pas l'âme collective, je me fous des richesses et de leur répartition, de la dette publique, des chiffres de l'insécurité, des niches fiscales, de la binationalité, des agences de notation et des reports de voix dont veut me parler FDM.

Ce soir, la seule voix qui compte est celle de Jeanne.

La terrasse n'est qu'à quelques pas. Nathalie rit, fort, et Jeanne l'accompagne en clapotis joyeux. Leurs rires percutent la façade de l'immeuble au-dessus de leurs têtes, sont renvoyés comme une balle de squash sur le mur en face pour finir par s'enfoncer, queues de comètes, dans les profondeurs de la nuit. On dirait des petites balles de joie tirées par un sniper insouciant. Instinctivement, je cherche *l'autre* du regard en traversant la pièce. Il n'est pas là, ou alors affalé dans un canapé, suintant le whisky dans l'appartement étouffant, il fait si chaud dans leur ville, à parler de ses affaires avec les *success-men* de son standing.

Il n'a jamais aimé danser.

Pascal et Jeanne viennent d'emménager dans un nouvel appartement. Avec leurs cinq gamins, j'imagine qu'il doit être immense. Je les vois rarement, ils sont dans d'autres sphères. On s'en fout, mon pote, toi et moi c'est pour toujours ! : message électronique de Jipé il y a quelques mois. Il aime me donner des nouvelles de temps à autre, comme s'il avait pour mission de relier les atomes égarés de ce qui fut le corps de nos vingt ans. Je ne réponds jamais, il ne s'en offusque pas ni ne s'interdit de continuer sa petite chronique épisodique. C'est ainsi que j'ai appris que Nicole a fait carrière dans la banque, en Amérique, et que Louis a fini par prendre la direction de l'empire de BTP de son père. Inutile de parler de Loïc, ses exploits sont parvenus jusqu'au fond de ma vallée. Patrick dirige un site Internet, Marie-Pierre est en charge d'un magazine prestigieux. Les autres sont directeurs de plein d'organismes, ils ont des *jobs*, des *assistantes* et des responsabilités. Ils ont réussi. Moi, je suis le *loser*, mais peut-être le plus célèbre d'entre nous, ma captivité vaut toutes leurs OPA. Ils me regardent traverser le salon comme si je venais de descendre de l'avion. C'est étrange cette fierté qu'ils ressentent.

Cette attention qui m'emprisonne, comment leur dire qu'elle m'asphyxie ?

J'ai pris le train ce matin, qui sait ici que je n'étais pas venu à Paris depuis huit ans ? Trop d'hôpitaux, trop de miroirs tendus, trop de vaine rééducation. Je ne quitte plus guère la maison de là-bas. Je la lui avais décrite une de ces nuits que nous avions passées côte à côte, je brûlais d'envie de lui caresser les seins, il n'y avait que son T-shirt à convaincre, mais elle me laissait juste prendre sa main et toucher son visage, alors je frôlais sa joue en lui parlant de la maison et du pommier tordu, de la maison et du puits, de la maison et du grand-père, de la maison et des cris de Rudy quand il lui prenait une crise, de la maison et de notre chienne Franny que j'aimais comme une sœur pas folle, de la maison et de ma petite chambre noire, au fond du couloir.

Après mon retour, j'ai laissé longtemps vide cette pièce obscure où mon adolescence gisait, sourire déçu, dans les bacs à chimie délaissés depuis mon départ. Je ne me suis résolu à la repeindre que récemment et je l'ai transformée en bureau, avec une table et un vieux canapé rouge où je m'endors passé 2 heures du matin un livre à la main. J'y suis toujours mieux que là-haut où trop de fantômes traînent. Quand j'ai reçu l'invitation de Jipé, *Vous étiez là pour mes vingt ans, accompagnez-moi pour mon passage à la cinquantaine*, c'est à eux que j'ai pensé d'abord, tous ceux qu'on n'aura accompagnés qu'au cimetière.

Voilà ce que je suis devenu. Un vieux qui, la nuit, énumère en silence ce qu'il a perdu : Rudy, papé, la chienne Franny, tout ce qui a brûlé, Flora au Rwanda, la montre de mon père, la seule chose que j'avais de lui, disparue en Russie, mon premier Reflex, volé dans le train de nuit Paris-Venise, le petit Medhi mort devant moi, les cris de sa mère, l'occasion d'avoir Jeanne pour moi au moins une fois, ma chambre noire, l'idée de devenir père, le grand lit où nous dormions Rudy et moi, un œil, toutes les élections depuis 1997, mon père et ma mère.

[Jeanne, une nuit à Paris]

Derrière son dos, la Seine est foncée comme du pétrole. Des lumières font trembler leurs coulures pâles dans le fond. Je n'ai pas mis de flash, l'appareil que j'ai utilisé n'en est pas doté. Chaque mouvement, si imperceptible soit-il, est autant une menace de flou qu'une preuve de vie. Jeanne n'a pas bougé, peut-être même pas respiré : son visage est net et clair, une tache de lumière, un phare dans l'obscurité. Elle ne fait rien, elle regarde l'objectif, #bras croisés, légèrement oblique. Ses yeux brillent, ce sont des billes noires. Elle porte un pull rouge assez moulant à manches courtes. Son sourire est esquissé, elle ne met pas en scène sa beauté, elle offre sa confiance.

#Seine, #nuit, #Paris, #noflash, #portrait, #Jeanne, #Amour, #bras

Les compte-t-elle parfois, les morts, Jeanne ? Après les fantômes, c'est à elle que j'ai pensé, ses boucles brunes et son regard brillant sur la photo que j'avais faite une nuit, nous avions marché des heures dans Paris, elle ne se résolvait pas à me laisser l'embrasser, je n'ai pas besoin de la regarder, la photo, la seule image d'elle que je possède : je la connais par cœur. Je pourrais en dire le moindre des détails, la plus fine des ombres, je pourrais la raconter en psalmodiant la beauté intense de cet instant et la douceur de cette femme, la seule que j'aie jamais espérée.

Jeanne, puisque tu es là, je ne viens que pour toi.

Désigner les candidats

(2)

Je ne suis pas épilée et Pierre.

Les jambes, ça va, j'ai passé le rasoir ce matin pour pouvoir mettre ma robe bleue, mais je n'ai pas touché au reste. Ni les aisselles ni le reste, rien. Quel soutien-gorge ai-je mis ? Le gris clair je crois mais quelle importance, pourquoi penser à cela ? Comme si. Je devrais plutôt faire comme si je ne l'avais pas remarqué. Calmer ma main qui tremble. Il ne m'a pas vue, pas vraiment, ou s'il m'a vue, c'est sûr, il ne m'a pas reconnue, ce poids que j'ai pris, et le visage marqué et les cheveux ternes, lui maigre / sec / beau. Il est sûrement accompagné, cherche la fille dans son dos pour voir. Je me décale un peu, Nathalie me cachera, elle si grande avec ses talons en pointe, moi petite malgré les sandales compensées. Elle n'a pas noté mon trouble, elle parle sans s'arrêter en faisant de grands moulins de bras, une histoire de voiture ; rien remarqué, je n'ai même pas rougi ; mon émotion, je la contrôle. Voilà, c'est ça, juste une petite émotion, on pourrait dire un émoi d'adolescente. Ça va passer. Concentre-toi sur ce que raconte Nathalie. Incroyable cette histoire, le dernier de ses cauchemars, une extravagante arnaque de son garagiste qui s'est terminée au tribunal – je lui demandais juste si elle était venue en métro ou en voiture – et pourrait remonter, à l'entendre, jusqu'à la Cour européenne des Droits de l'homme. *Je te prendrai comme avocate*, dit-elle en me pinçant la joue.

Quelle est la durée de vie des baisers ? Celui dont la pensée m'assaille au milieu des détails sur l'embrayage de Nathalie a trente ans et pas une ride. Il a dû l'oublier, lui, en donner des milliers d'autres, de cette manière si personnelle qui vous donne l'impression d'être bue avec gourmandise. Je vais respirer par le ventre, expirer la chaleur qui affole mon cœur, et porter mon attention sur l'ensemble plutôt que sur les détails. La technique m'a toujours réussi, j'en suis même devenue la championne, reconnue et appréciée pour enjoliver chaque moment et de la vie prendre le bon côté. Il suffit de considérer LA famille, LA vie, LES parents, LES études des enfants, plutôt que les difficultés de

Jacob en classe, l'ennui de certaines journées ou la distance de Pascal ces derniers temps : en prenant du recul, les problèmes finissent par s'effacer, petits points oubliables qui ne terniront pas l'harmonie générale. De ce point de vue, Pierre n'est qu'une particule. Souffler sur elle en ayant l'air de vouloir écarter la mèche de cheveux qui flotte devant mes yeux devrait suffire pour la faire s'envoler.

Il y a tant de monde ce soir qu'avec un minimum de méthode, mon esprit peut s'occuper sans problème. Ne serait-ce qu'à mettre un nom sur les visages. Les années ont estompé les orgueils et les pudeurs. Ça me donne une idée de liste, tiens : les gens qu'on n'aimait pas à vingt ans et dont on se sent proche à cinquante. Demain je l'établirai. Tous ces gens avec qui j'avais à peine parlé alors et qui sont aujourd'hui mes copains d'école. Chaque fois que l'on entend parler de Louis, pour sa réussite exceptionnelle / ses ennuis avec la justice, c'est ce que je dis aux enfants, *C'est un de nos copains d'école*, oubliant que son arrogance l'empêchait de même remarquer mon existence. Je l'ai croisé tout à l'heure. Il partait quand j'arrivais, il m'a ouvert / reconnue / étonnée, il a juste fait *Oh Jeanne te voilà*, et un sourire qui disait je ne reste pas, tu leur expliqueras. Il portait une veste, une cravate et ses décennies en lignes horizontales sur son front dégarni. Sommes-nous si vieux déjà ?

Nathalie est partie chercher des verres. Elle ne fait plus rempart. Je vais tourner le dos à la salle et à la possibilité de Pierre. La terrasse surplombe toute la cité. À cette heure où la nuit gagne, l'ensemble est presque joli qui court jusqu'au périphérique dont on aperçoit le serpent lumineux créé par les phares des voitures. La plupart des fenêtres sont ouvertes, tentatives de créer des courants d'air, il fait si chaud depuis deux jours et plus encore dans ces blocs de béton où la touffeur des journées s'incruste, chaque bâtiment recrachant la nuit la chaleur accumulée le jour. Peu à peu des carrés de lumière s'allument, géométriques preuves de vie. Je pourrais les regarder une à une pour fixer mon attention. Lister les types de fenêtres / rideaux / lumières pourrait être une idée aussi. Au pied des immeubles, des gens attendent la fraîcheur ou l'heure d'aller se coucher. Sans que l'on distingue d'où vient la voix, une mère appelle son gamin, *Jojo, il est neuf heures et demie, tu rentres !* Son cri se perd dans l'espace, personne n'y répond, elle n'insiste pas, on entend le bruit d'une fenêtre qui se ferme sur la certitude de cette femme qu'elle a fait ce qu'elle devait faire : appeler son fils. Je ne m'en contenterais pas, les mots *démission parentale* prennent forme malgré moi dans mon esprit dont je croise le visage dans cet étonnant miroir que Jipé et Max ont installé sur leur terrasse. La glace rectangulaire, immense et mate renvoie l'image de nos silhouettes un peu tremblantes et les points jaunes des ampoules électriques. Je sais ce que nous dirions en souriant si Pascal était là : *Narcissisme.*

Le verre que Nathalie me tend me ramène à la soirée. Dans la pénombre au milieu du salon, voilà, vision d'ensemble c'est bien, ne cherche pas Pierre, dans la pénombre au milieu du salon tout un groupe danse en se tenant par les épaules. *Chagrin d'amour*, j'adorais cette chanson. Je me demande si l'on prendrait Loïc par l'épaule s'il s'aventurait jusqu'ici. L'autre grande réussite, Loïc ! Les enfants ricanent lorsqu'on le voit à la télé, *C'est un de vos copains d'école, le traître non ?* Loïc Biais, le plus doué d'entre nous, militant inconditionnel lorsque nous n'étions que des manifestants joyeux / flottants. Pascal se moquait de ses manières de midinette fan de Tonton comme d'autres s'époumonaient à la simple évocation des Beatles. Il pouvait encore le taquiner, ils étaient si proches alors. Biais n'est pas là, semble-t-il, d'autres chats / débats à fouetter ce soir, bons prétextes pour ne pas affronter les fantômes hypermnésiques de sa jeunesse. Ils sont sur la piste, les fantômes, bien excités, en sueur, ils crient *Chacun fait fait fait c'qui lui plaît plaît plaît.*

De loin, FDM me fait signe. Je crois comprendre qu'il me demande si Pascal est là. Ce ne sera que le dixième à me poser la question ce soir. Mon populaire mari, tête de proue de notre couple, s'ils savaient ce qu'il a dit lorsque nous avons reçu l'invitation de Jipé, *Bien content que ça tombe dans ma semaine Chicago.* Depuis quelque temps – combien de temps ? – Pascal porte un regard un peu acide sur nos vies. Trop de travail, fatigue, cinquante ans, lassitude. Ça passera.

Jipé se trémousse devant nous, il pointe le doigt au ciel en hurlant *Précipice on s'en fout.* Nathalie l'imite, dos cambré et voix de crécelle. Elle a mis trop de fond de teint, ses ongles sont très longs, ses bijoux énormes et ses talons claquent au moindre de ses pas, c'est depuis toujours sa manière de se faire remarquer. Avec cette façon d'aller droit au but, d'une voix un peu trop forte / rapide, Nathalie dit les reproches comme les tendresses, sans s'embarrasser. Elle frotte le haut de mon bras en disant *Ma Jeanne jolie.* Je ne l'ai pas vue depuis si longtemps. Elle et sa vie compliquée, toujours embringuée dans une histoire incroyable, amant impossible, collègue machiavélique, beau-frère manipulateur, dont elle est invariablement la victime / rescapée. Cette agitation et son extravagance, presque une tonitruance si le mot existait, m'amusent. Elles exaspèrent Pascal qui déteste l'esprit grégaire de la promo et préfère nos autres amis, principalement les siens, clients, confrères du barreau, associés, bavards, brillants, sérieux, avec qui nous dégustons des verrines et des grands crus. Les hommes discutent politique et rumeurs du Palais, cette terre lointaine où je n'ai pas mis les pieds depuis des années. Je parle avec leurs femmes des enfants. Il n'y en a aucune qui soit aussi drôle que Nathalie.

Tant que je travaillais je réussissais à retrouver mes amies. Souvent, je déjeunais avec Cécile ou Nathalie dont je suivais le feuilleton tragi-comique avec assiduité. Quand Hannah est née, je pensais gagner du temps en arrêtant de travailler, mais c'est comme si j'avais fait mes adieux au music-hall et négligé d'appeler les filles de la troupe. Je n'ai pas le temps de m'en excuser auprès de Nathalie. Elle me coupe la priorité et me demande pardon pour son absence des dernières années, elle était accaparée par cette histoire *hallucinante* avec Philippe, un homme marié qu'elle a vu pendant plus de dix ans, *dix ans de torture je te jure.* Elle a fini par le laisser tomber le jour où il lui a annoncé son divorce. *J'aime pas les losers,* dit-elle en allumant une cigarette. En crachant la fumée, elle poursuit :

— Tiens, en parlant de ça, vous en êtes où, Pascal et toi ? Non je demande ça, parce que tout le monde divorce, non ?

— Nous n'en sommes, Dieu merci, pas là ! Vieux couple, vieilles carnes, mais ça tient. Oui ça tient.

Je bois une gorgée. Ma réponse la déçoit.

— Vous avez tenu votre pari alors ? Le pari de Pascal et Jeanne, comme avait dit Biais le soir de votre mariage… C'est fou ça. Je pensais que ce n'était qu'une promesse d'adolescents romantiques. Que ça vous passerait.

Elle était pourtant là, au premier rang, témoin que je m'étais choisi. Je revois son chapeau gigantesque dans la salle de la mairie le jour où nous avons pour la première fois dit notre Serment de juin. C'était juste après que le maire nous avait déclarés unis par les liens du mariage et bien plus engageant à nos yeux que les « oui » que nous venions de lui donner. Nous avions fait face au public et joint nos mains en récitant d'une même voix un peu tremblante le texte que Pascal avait écrit, s'inspirant du serment du Jeu de paume :

Nous jurons solennellement devant ceux que nous aimons et qui nous aiment de ne pas nous séparer avant la fin de nos vies et nous engageons à tout mettre en œuvre pour construire un foyer qui repose non sur la contrainte et les conventions sociales mais sur l'amour que nous partageons et que nous déclarons aujourd'hui mettre au service du bien commun. Ainsi notre union est-elle à la fois intime et politique, nous voulons à travers elle participer à l'émancipation des peuples et au progrès social.

Pascal était particulièrement heureux d'avoir trouvé cette formule et si fier d'avoir inventé un rituel. Il valait, me disait-il, *tous les « Je t'aime » niais que les couples sans imagination se susurrent parce qu'ils n'ont rien d'autre à se dire.* Le sentimentalisme n'a jamais été sa tasse de thé, il y voit un moyen réactionnaire d'aliénation des masses. *Il faut toujours se méfier des sentiments,* a-t-il l'habitude de dire, *ils peuvent nous conduire, sur une impulsion, à prendre de mauvais chemins ; ce qui compte, ce sont les choix, les choix rationnels.* Il s'était vexé lorsque Biais, son témoin de mariage, s'était moqué du côté compassé de notre Serment. Le soir de la cérémonie, Loïc avait fait rire les invités en nous décrivant au petit déjeuner, Pascal me rappelant d'un air martial de ne pas oublier de mettre nos tartines au service de l'émancipation des peuples. C'était une vraie différence, qui n'était pas encore irréconciliable : Loïc militait par amour du jeu politique et fascination du pouvoir, Pascal, lui, aurait pu mourir pour ses idées qu'il voyait comme un socle immuable et supérieur à toute autre production humaine. Trente ans plus tôt, il aurait été stalinien jusqu'au bout des ongles. En cette fin de décennie 1980, il pensait sincèrement, sans ironie ni pose, que nous devions vivre chaque minute en adéquation avec nos principes. Dès notre rencontre, Pascal m'avait impressionnée / rassurée par sa volonté de mettre en accord sa vie et ses idées. J'y voyais une assurance supplémentaire : non seulement il était amoureux de moi mais en plus il nous projetait dans un projet plus grand que nous, et plus pérenne que les petits sentiments qui nous faisaient vibrer. Il n'était pas le plus drôle de la bande, mais incontestablement le plus droit. Aujourd'hui encore sa morale charpente nos existences. Sa rigueur trace un chemin balisé sur lequel marcher tête haute, non par arrogance, mais par certitude d'être à la juste place. Pascal a une expression pour dire cela : *la politique du quotidien*. Chaque acte individuel, aussi futile et minime soit-il, doit être pensé en regard du collectif. *C'est pourquoi il est important*, m'expliquait-il au moment de prononcer notre premier Serment, *de mettre en relief la dimension politique de notre couple : nous ne sommes pas là uniquement pour notre plaisir, mais aussi pour fonder une cellule qui soit utile à la société*. De ce point de vue-là, Pascal ressemble à mes parents : pour lui comme pour eux, tout est politique. Tout, même l'émotion que je ressentis le jour de notre mariage : *Tu vois Minou, c'est parce que nous le disons face à nos proches, que nous nous engageons vis-à-vis d'eux, que notre Serment est si fort*, expliquait Pascal. *Et c'est parce que nous le réitérerons chaque année que notre Serment de juin dépassera le simple cadre de notre couple.*

C'était plus qu'un pari fou, comme dit Nathalie, que Pascal me proposait, c'était un destin, une utopie, *tenir pour le bien commun*, quelque chose qui nous transcendait. Cela l'enivrait et je me laissais griser à mon tour, exaltée par l'idéalisme de l'entreprise. Je me souviens du silence qui régnait dans la salle de la mairie lorsque nous avons formulé le Serment et de la pointe d'indicible envie que je lisais dans les yeux mouillés de ma mère. Elle n'avait jamais rien épousé d'autre que la cause de l'amour libre qui s'avéra être celle de mon père bien plus que la sienne. Je reconnaissais la tristesse dans son regard ; je l'avais surprise tant de fois avant qu'elle ne se ressaisisse, avalant son chagrin comme une mauvaise potion, d'un bond redevenant belle femme souriante. Et toujours alors elle disait, me figeant le sang, *maman part quand elle veut, tu sais.*

En ce jour de juin 1988, mon père et ma mère en étaient réduits à écouter mon Serment comme les parents athées d'une novice à l'heure où elle prononce ses vœux. Me voir m'engager publiquement avec un homme jusqu'à ma mort alors qu'aucune pression sociale ne m'y contraignait les stupéfiait bien plus que toutes les drogues qu'ils avaient essayées. Ils n'étaient pas les seuls. La plupart de l'auditoire ce jour-là était étonné/dubitatif, ce qui renforçait notre sentiment un peu mystique d'embrasser un destin exceptionnel. Nathalie, je m'en souviens, n'avait pas pu s'empêcher de s'esclaffer bruyamment à la fin de notre Serment. Elle m'avait dit en me serrant dans ses bras ensuite *T'es complètement maboule de faire ça, ma Jeanne !* Près de vingt-cinq ans plus tard, elle n'a pas changé d'avis. Elle continue de m'interroger :

— Mais par exemple, vous le faites toujours, le truc de redire votre engagement ?

— Le Serment de juin ? Ben oui, ça faisait partie du package. On s'est engagé à le redire chaque année. On n'a pas raté une seule fois depuis vingt-quatre ans.

— Je me souviens de l'année où vous nous aviez réunis au Mur des fédérés.

— Oui, on a fait aussi le Panthéon, le stade Charléty, l'usine Lipp à Besançon… Pascal est attaché à l'idée d'aller dans des lieux symboliques. Nous avons été jusqu'à Pékin, place Tian'anmen, ou Buenos Aires, place de Mai. Nous embarquons un ou deux couples d'amis avec nous, ou nos enfants, pour avoir des témoins, sans quoi le Serment ne vaut rien. C'est une façon comme une autre de voyager. Parfois, je reconnais, c'est un peu loupé. L'année dernière, nous sommes allés sur la place Tahir au Caire. Pascal avait repéré un petit monticule au centre de la place où nous nous sommes installés, droits comme des I, un peu trop habillés. Solal, notre fils aîné, nous filmait. Quand nous avons commencé à dire le Serment, une foule sortant dont ne sait où s'est massée autour de nous. La plupart des gens souriaient, curieux de savoir ce que nous faisions. Ils nous posaient des questions, interrompant notre récitation. Pascal en anglais leur disait *Wait, wait, attendez !* Mais ils n'attendaient pas. De jeunes garçons tournaient autour de nos filles, d'autres nous faisaient comprendre que nous ferions mieux de déguerpir. Nous avons quitté la place en courant.

Je ne raconte pas les fois où nous avons, sans nous le dire, trouvé un peu triste notre pèlerinage. Je me souviens d'un dimanche à Solutré, absurde randonnée, bien trop courte pour constituer une expérience, et de la tête des grands, soupirant leur ennui pendant que nous tentions de rendre émouvant ce qui n'était que mécanique. Je ne parle pas non plus des fois où le ridicule a supplanté le solennel. Comme cette pluie qui inondait Vsetaty, un village de Bohême où nous cherchions en vain, battus par les vents et l'orage, la maison natale de Jan Palach. Ce devait être en 1999. Nous voulions redire le Serment là où avait grandi le célèbre immolé tchécoslovaque. Nous tournions dans ce village fantomatique, la voiture était couverte de buée et l'eau ne s'écoulait pas bien de la route, rendant la circulation hasardeuse. Au volant, Pascal s'énervait. J'étais chargée de le guider, assise à l'arrière de la voiture à côté de la femme de son principal associé, qui occupait la place avant droite. Au bout de longues minutes d'errance, j'ai décidé de tricher. J'ai assuré que nous étions arrivés à la bonne adresse, une maison sans charme, un peu grise, dans une rue grise, pareille à toutes les autres de ce bourg gris. Nous pouvions décemment croire que Palach avait vécu ici. Nous sommes sortis de la voiture, immédiatement trempés tous les quatre malgré nos parapluies de grande taille. L'eau couvrait nos chevilles. Pascal et moi avons débité le Serment à un rythme de mitraillette, l'orage redoublait, l'endroit était sinistre, nous voulions rentrer à Prague au plus vite. Lorsque nous sommes revenus dans la voiture, alors que Pascal effectuait son demi-tour, un des volets de la maison devant laquelle nous nous étions arrêtés s'est ouvert, poussé par le vent, laissant apparaître à la fenêtre un drapeau rouge. Nous avions sans le savoir prêté serment à nouveau devant la maison d'un nostalgique du communisme. Aucun de nous quatre ne dit un mot jusqu'au parking de l'hôtel.

Je ne le raconte pas à Nathalie car je ne veux pas qu'on se moque de nos pèlerinages, les seules heures de l'année où nous nous autorisons quelque sentimentalité. Il déteste la mièvrerie et je n'ai plus les élans d'autrefois, vieux couple, un peu rêche comme le sont les tissus les plus solides. Le Serment initial nous projetait dans l'avenir, ses réitérations annuelles nous enracinent. Sans elles, l'engagement ne vaudrait rien, sans elles, les semaines se prendraient pour des trimestres, juste ponctuées des routines ordinaires et secouées d'imprévus toujours détestés, sans elles j'aurais l'impression d'un jour sans fin / finalité. Sans elles, *maman part quand elle veut, tu sais*, Pascal aussi et l'on ne peut plus croire en rien. Sans elles, les idéaux ne sont que de misérables coquilles vides.

— Cette année, poursuis-je, c'est-à-dire dans un mois, nous avons prévu une destination moins risquée, en principe : la Bastille, en prévision de la victoire de demain, à moins que nous n'allions à la mairie de Neuilly-sur-Seine, pour rigoler. Tu voudrais venir ? Ça me ferait plaisir que tu sois là. C'est idiot mais chaque fois, redire le Serment devant des proches me procure la même émotion. Ça a beau n'être que symbolique, ça me touche.

Nathalie semble épatée / contrariée. Elle dit : *Toujours aussi illuminée, toi ! Bon, pourquoi pas ? Et à part ça, qu'est-ce que tu deviens ?* LA question. Qu'est-ce que je deviens ? Ah, ah, ce que je deviens… Par réflexe, je cherche *mon doux* derrière la nuque, cet endroit connu de moi seule où la peau est fine et douce comme le coquelicot. Du bout de l'index, le coude plié, je le trouve. Ce que je deviens, comment dire ? Thèse officielle : nous sommes un couple uni, il est brillant, je suis organisée, notre famille est magnifique. Je pourrais dire : *J'ai élevé les enfants*, et je m'entendrais ajouter *C'est du boulot, crois-moi.* Ou lui raconter que l'essentiel de mon activité consiste à faire des listes.

TYPOLOGIE DES LISTES

— Listes répondant à un besoin réel : courses à faire, rendez-vous, recettes.

— Listes de ce que je pourrais faire : spectacles à voir, gens à inviter, villes / pays où aller, blagues que je ferais si je m'y autorisais (une cinquantaine d'idées de canulars téléphoniques à ce jour).

— Listes aide-mémoire : cadeaux reçus par les enfants à chaque Noël et anniversaire, dîners en tête à tête avec Pascal, travers des professeurs des enfants, pièces mises en scène par mes parents.

— Listes classements : orages les plus marquants, meilleures places de parking, rues préférées, morts absurdes, etc.

Ce que je suis devenue ? Il me faudrait remonter au commencement. J'étais confiante alors, m'en remettant comme toujours à l'assurance de Pascal. N'est-ce pas ce qui m'avait attirée chez lui jusqu'à me détourner de Pierre, l'enfant errant, si semblable à moi ? Pour une fille grandie dans l'incertitude perpétuelle, rencontrer Pascal relevait du miracle. Il a tenu ses promesses. Puisque nous avions choisi nos vies, et pas subi, répétait-il avec la conviction d'un entraîneur motivant son équipe, nous ne tomberions dans aucun des pièges qui attendaient sournoisement nos congénères, englués dans la routine de mariages sans dessein.

Pourtant.

Depuis quelque temps, j'ai peur à nouveau.

Une peur floue / brutale.

Elle est apparue d'un coup. Je feuilletais les albums photo. Sur celles du début, on me voit bien droite, les mains sur les épaules des enfants, mon sourire épanoui à côté de celui de Pascal. Et puis, à partir d'un moment, je n'apparais plus. J'avais beau tourner les pages, des dizaines de pages, je voyais les décors changer, les saisons changer, les vêtements passer d'un enfant à l'autre, mais je ne me voyais plus. La panique m'a prise. J'ai ouvert tous les albums pour vérifier ce que je subodorais : j'avais disparu. Ils étaient tous là. Pascal, sa belle tête bien haute, mes enfants chéris, leurs sourires, mais jamais moi. On aurait dit des orphelins de mère, des Pierre. J'aurais aimé que Pascal entre dans le salon à ce moment-là mais c'est Alfred qui m'a trouvée assise par terre, au milieu des albums. Je tremblais de tout mon corps, mon fils m'a relevée. L'explication est évidente : je prends les photos et personne ne me propose jamais de poser à mon tour. Mais le doute demeure, vertigineux : et si j'avais disparu dans les limbes de la domesticité sans que personne s'en aperçoive ?

Je m'accroche au regard de Nathalie, je vais lui dire la vérité, en riant un peu pour en amoindrir la brutalité. *Ce que je suis devenue : rien, rien du tout.* Nathalie plonge son nez dans son verre, une gorgée, deux gorgées. Derrière elle, j'aperçois Jipé et Pierre, ils s'embrassent chaleureusement. *Rien, ça ne te ressemble pas*, dit-elle en enlevant un cil de ma joue.

CHOSES À FAIRE AVANT 25 ANS
(LISTE ÉTABLIE L'ÉTÉ DE MES 14 ANS)

— Trouver un mari

— Traverser un lac à la nage (de nuit si c'est un petit lac)

— Aller au Machu Picchu

— Écrire des poèmes existentiels

— Devenir avocate pour défendre les injustices

— Connaître tous les pays du monde et toutes les langues

— Avoir été en prison au moins une semaine pour savoir ce que ça fait

— Avoir une amie africaine

— Mener des combats pour les droits civils

— Chanter dans un groupe de rock, des chansons engagées, avec des garçons

— Rencontrer Nelson Mandela

— Avoir embrassé plusieurs types (pas faire l'amour = dégoûtant)

Ça a dévié.

Je n'ai pas rencontré Mandela, je ne parle qu'un mauvais anglais, je n'ai jamais empêché un innocent d'aller en prison, ni même aidé un coupable à prendre une moindre peine, je n'écris plus de poèmes depuis l'âge de dix-sept ans et je n'ai jamais traversé qu'une piscine d'eau aseptisée. Je suis allée au Machu Picchu, Pascal m'a offert le voyage pour mes trente ans, nous y avons réitéré nos vœux, merveilleux souvenir.

Mais ça a dévié.

Je suis devenue performante dans la gestion des programmes, à court, moyen et long terme, des six autres personnes qui composent mon foyer. Mon esprit fonctionne comme un logiciel hyper puissant et parfaitement adapté à l'entreprise dont je suis la seule gérante, ne rendant des comptes qu'épisodiquement, lorsqu'il a le temps, à l'actionnaire principal. Mais je me dis parfois que j'ai mis toute mon énergie au service d'une cause absurde, l'organisation domestique, j'imagine le regard de mes parents et j'ouvre la porte à la peur. Elle peut m'envahir à tout moment. Ce matin, j'étendais la lessive lorsque le sol de l'appartement a tangué, si fort que j'ai cru qu'il allait s'ouvrir et qu'une irrépressible force allait m'attirer dans les entrailles du bâtiment. J'ai dû m'agripper à la machine à laver pour ne pas tomber. Quand j'ai aperçu Pierre tout à l'heure, j'ai senti le sol s'incurver légèrement.

Bruits de fenêtre qu'on ouvre quelque part dans la cité, même voix que tout à l'heure. Même mère qui s'inquiète, son fils n'est toujours pas rentré. Elle appelle cette fois un autre gamin : *Amin ! Tu dis à Jojo de rentrer ! Il est dix heures moins le quart.* Le petit dit qu'il arrive. Elle, non négociable : *Tout de suite !* Sa voix est renvoyée par l'écho, plusieurs fois jusqu'à rouer de coups dans mon esprit les mots *démission parentale.* Ils se recroquevillent, tout petits / honteux, dans un coin. Cette femme n'est pas pire mère que moi ou que la mienne. *Maman part quand elle veut, tu sais.* Elle est là. Je lui dois ma solidarité plutôt que mon jugement haut perché. Je ne suis pas sur ces questions aussi insensible / sévère que Pascal qui, de Chicago, m'envoie ses textos. C'est sa façon d'être présent, vibrant dans la poche de ma robe. Le dernier, qui vient de s'afficher, parle de sa procuration que je *ne dois pas oublier pour demain.* Comme si j'oubliais les choses.

Nathalie me pousse de l'épaule : *Dis donc, il n'a pas trop mal vieilli, Pierre.* D'un mouvement de menton, elle m'indique la direction du salon où se découpe sa silhouette. *Tu n'avais pas eu une histoire avec lui ? Je me souviens que Nicole disait que c'était un sacré bon plan.* Elle parle trop fort, je rougis, je le sens, en bafouillant une réponse que Nathalie n'écoute pas : elle entre dans des effusions avec Soren qui vient d'arriver. Ils sautent, dans les bras l'un de l'autre, comme des enfants. J'en profite pour laisser mon regard embrasser la salle. On dit qu'on devine les histoires clandestines aux gens qui n'osent pas se regarder. Pour ne pas attirer l'attention, il me faut paraître détendue. Une histoire, le grand mot, disons une historiette. Une historiette vieille de trente ans, dont je suis la seule probablement à entretenir la mémoire, petite fable usée à force d'avoir été racontée dans le creux mou de mes journées : l'histoire d'une jeune fille qui a deux amoureux et qui doit n'en garder qu'un.

Je ne suis pas grande / épilée et Pierre.

La dernière fois que je l'ai vu, c'était à la télévision. *Lui aussi c'était un de nos copains d'école*, avais-je dit aux enfants lors de la retransmission de son retour en France. Après avoir été pris en otage plusieurs mois, il revenait blessé, les officiels le portaient sur une chaise roulante pour le faire descendre de l'avion. Étrangement pour une matinée d'hiver, il portait des lunettes de soleil. Cette apparition dans les vapeurs du tarmac me bouleversa. On l'avait approché d'un micro, sa voix n'avait pas changé, son sourire non plus. Toujours ces petites dents pointues et ces lèvres épaisses. Je ne m'attendais pas à l'émotion qui me submergea alors et vint s'écraser en lourdes larmes sur le ventre gras de l'enfant dont je changeais la couche. C'était comme si Pierre surgissait non d'Irak mais d'un âge d'or et ne me revenait que pour m'échapper encore : ces retrouvailles télévisées avec son pays, tout entier mobilisé pour le retour de son héros, étaient nos adieux ; après elles, il retournerait dans l'angle mort de mon existence, m'abandonnant définitivement à mes choix. On peut chasser quelqu'un et rêver pourtant qu'il nous revienne. Les larmes roulaient sur mes joues, hors de toute maîtrise, Leah me tendit son doudou en consolation. Sur quoi pleurais-je ? Sur l'émotion de sa libération ? Sur la fable de la jeune fille qui a choisi entre ses deux amoureux ? Sur ma jeunesse qui jamais ne reviendrait ? Sur les gens qui partent quand ils veulent ?

Le soir, quand Pascal rentra du bureau, je me blottis dans ses bras. J'aurais adoré que l'on redise notre Serment à ce moment-là. Mais nous étions en février et on ne s'arrange pas avec les dates. Pascal était étonné de cet accès de tendresse. L'émotion, dis-je. Voulut-il me consoler à sa façon un peu maladroite lorsqu'il commenta en disant *Les mecs prennent des risques inconsidérés et ensuite il faut payer des rançons pour les sortir de là. Ce Pierre de toute façon n'a jamais été une flèche, tu t'en souviens Minou ?* J'avais fait mine de pas avoir d'avis, Minou parfois n'avait pas de mémoire.

C'était comme si on avait réveillé un petit animal au fond de moi. Les souvenirs grésillaient, parasitant les jours qui ont suivi comme une radio mal réglée. Quelques semaines plus tard, nous avions reçu un e-mail collectif, adressé par Pierre *Aux amis du comité de soutien*, en remerciement pour la mobilisation et Pascal avait trouvé ingrat qu'il ne réponde pas individuellement à chacun de ses soutiens. Il avait même appelé Mermont, représentant des amis étudiants au comité, pour le lui dire. Diplomate, FDM avait flatté Pascal tout en défendant Pierre. Mon oreille collée à l'écouteur du téléphone, j'espérais un message codé que seule j'aurais pu comprendre. Pascal a raccroché, j'ai lissé les pans de ma jupe, Pierre est sorti à nouveau de ma vie. D'où débarque-t-il ce soir, celui qui discute là-bas, à quelques mètres à peine ? FDM lui montre son téléphone, il hoche la tête, son gentil sourire. Il est trop loin pour que je devine ses pensées.

Autrefois, j'étais pour cela imbattable / embarrassée : jamais je ne me trompais sur ses intentions, jamais je ne pouvais les exaucer.

Dans le salon, la piste de danse est encombrée par une masse difforme. Ils n'ont pas pu s'en empêcher : *Désenchantée.* Je chantonne malgré moi en regardant la chorégraphie de Jipé depuis la terrasse : *Tout est chaos oooh, à côté, tous mes idéaux des mots abîmés, je suis d'une génération désenchantée.* Nathalie file se tortiller, chevilles serrées et bras levés, au rythme de la musique. Nous en sommes là, pensé-je : à scander le slogan de notre défaite avec une chanteuse fantomatique. Je sens en moi monter le sentiment dangereux, la nostalgie, et sa complice : la reconstruction *a posteriori.* Elle arrive avec ses gros sabots et son cortège stérile de *et si.* Et si je n'avais pas arrêté de travailler ? Et si nous étions partis vivre à Chicago ? Et si je n'étais pas venue ce soir ? Et si j'avais revu Pierre ? Il me faut les empêcher d'entrer. Barrage, *check point,* on ne passe pas, déchaussez-vous et n'oubliez pas de passer au pédiluve avant de vous baigner, messieurs dames.

Leah m'appelle. Ma petite insomniaque ne peut pas dormir, comme chaque soir de sa courte vie. Elle me demande quand je rentre, elle n'a pas sommeil, elle voudrait boire un peu d'eau et savoir si demain on pourra aller au square et aussi si après la classe de mer, elle pourra faire une pyjama party avec Bonnie. Je connais ces peurs de fillette, elles étaient miennes bien avant d'être les siennes. Nous faisons pourtant mine de ne pas le savoir. Comme si l'angoisse n'était pas une épaisse muraille qui nous isole l'une de l'autre, chacune joue son rôle. Je m'engage pour la pyjama party et lui promets de rentrer bientôt. Je suis la mère attentive, pas la *gamine facile.* Mais j'ai beau lui chantonner au téléphone sa chanson fétiche, celle qui n'a jamais réussi à l'endormir, c'est ma comptine d'enfance que j'entends, mes terrifiantes rimes, *maman part quand elle veut, mais maman ne veut pas.*

Rentrer bientôt, il vaut mieux pour tout le monde. Leah, Pascal, Pierre. Je vais laisser toutes mes vieilles histoires ici. Tout sera oublié demain quand j'appellerai Pascal. Il me racontera la dernière de Bret Madison, son associé de Chicago, il s'énervera, je lui dirai *Ne t'énerve pas, ça va faire monter ta tension ;* de l'anniversaire de Jipé, je lui dirai en deux mots qu'il n'a pas raté grand-chose et que FDM l'embrasse, il dira *Ah très bien* mais au fond il s'en fichera ; nous parlerons des élections, il s'assurera que j'ai bien utilisé sa procuration, il me dira *À plus Minou*, je lui dirai d'une façon un peu plus appuyée que d'ordinaire *Je t'embrasse*, le seul mot doux qu'il tolère, et nous raccrocherons.

Je vais partir. Mais voilà Soren, sourire immense. *Chaque fois que j'entends parler des sans-papiers je pense à toi, et à notre périple jusqu'au foyer des Maliens de Montreuil, tu te souviens ?* me dit-il. Bien sûr que je me souviens – ce soir, Minou se souvient de tout. Nous étions partis tous les deux avec la ferme idée d'entrer en contact avec des travailleurs africains pour les assurer de notre solidarité. Trouver le foyer constitua le plus périlleux de l'aventure. Fascinés et conquis d'avance, nous atteignîmes la porte du foyer plus de deux heures après avoir quitté Paris. Nous avions les bras chargés de sacs remplis de tout ce que nous avions récolté pour nos frères africains et demandâmes, tels des voyageurs au long cours épuisés par des heures de traversée dangereuse, à rencontrer le chef du village pour lui faire don de nos offrandes. Un jeune type nous conduisit jusqu'à une petite chambre d'où s'échappaient non pas quelque mélopée de kora mais les hurlements électriques d'un groupe de hard rock. La porte s'ouvrit sur une pièce enfumée dans laquelle des hommes jouaient aux cartes par terre en fumant du tabac brun, tandis que dans un coin, une marmite chauffait sur un réchaud à gaz. Des matelas couvraient le carrelage blanc. Les fenêtres étaient calfeutrées par des serviettes de toilettes. L'odeur était difficile, la chaleur et le bruit étouffants, mon estomac et mes oreilles entrèrent immédiatement en conflit avec mes idéaux. J'avais envie de vomir/fuir mais je devais avant cela déposer les cadeaux, au nom du Comité d'aide aux Maliens (CAM) que nous avions créé Soren et moi. Un homme en boubou bleu se déplia et nous serra chaleureusement la main. Il nous proposa de nous asseoir à leurs côtés et nous demanda, après nous avoir appris qu'il était le délégué des travailleurs, ce qu'il pouvait faire pour nous. Mon heure de gloire arrivait. Je coupai la parole à Soren pour annoncer que nous venions leur faire part de notre solidarité d'étudiants envers eux qui étaient des travailleurs (j'aimais particulièrement ce terme) et que nous avions réuni, par une quête auprès de nos amis et familles, un certain nombre de biens que nous étions heureux de leur offrir. J'inclinai légèrement ma tête en déposant le premier sac à leurs pieds. Le délégué remercia ardemment. C'est lorsqu'il ouvrit le sac qu'il laissa échapper une interjection déçue / interloquée : il ne contenait que des petits pots pour bébé et des couches. Or il n'y avait pas d'enfants dans le foyer et si peu de femmes que nos présents s'avéraient inutiles à moyen terme. Tout comme le furent les dizaines de couvertures, trouvées dans un surplus de l'armée, et dont, à l'évidence, les occupants de ce lieu surpeuplé et trop chauffé n'auraient jamais besoin. Le délégué et ses amis ne nous en tinrent pas rigueur : ils nous invitèrent à partager un verre et le chef, pensant nous faire plaisir, se lança dans une longue diatribe marxisante. Je ne sais si ce sont ces tirades alambiquées, les cris du chanteur dans le mauvais poste à cassettes, la fumée accumulée dans cette pièce ou une certaine déception face au décalage entre les travailleurs africains de mes rêves et ceux de la réalité : j'ai développé une intense migraine et laissé tomber le CAM dès le lendemain.

Soren est journaliste depuis vingt-cinq ans. Il est marié me dit-il avec une femme originaire du Sénégal qu'il a connue lors de l'occupation d'une église parisienne par des sans-papiers, il y a une quinzaine d'années : elle couvrait l'événement pour le grand quotidien de Dakar. À l'époque, j'avais croisé Soren lors d'une manifestation contre la brutalité du gouvernement qui avait fait ouvrir l'église à coups de hache. Cette mobilisation autour des immigrés en situation irrégulière m'avait donné un regain d'envie d'engagement. Elle déplaisait fortement à Pascal pour qui elle signait notre *irresponsabilité* et notre *angélisme*. Il exècre par-dessus tout le slogan *Nous sommes tous des enfants d'immigrés*, lui qui est pourtant fils d'Isaac, né au fin fond de la Roumanie au tout début du XXe siècle.

Son père, dit-il, n'a eu de cesse de faire oublier l'étranger qu'il était, interdisant à ses enfants de révéler qu'ils étaient juifs et mettant un point d'honneur à parler un français châtié, appris dans les livres. Lui rappeler ses origines roumaines serait lui faire injure. Je n'ai pas continué à militer pour les sans-papiers. Aïssatou et Soren ont deux filles ensemble et le projet d'aller vivre en Afrique. Elle n'est pas là ce soir, *Elle n'aime pas trop le côté ancien combattant.*

Elle a raison, nous en sommes à notre façon, antimilitaristes promus chefs d'escadrons. Nous étions jeunes, insolents et drôles, nous sommes usés, graves et inquiets. Mais quelque chose d'invisible nous lie : nous faisons chacun partie de la jeunesse des autres. J'appartiens à leur jeunesse, ils appartiennent à la mienne. C'est comme une nature, imposée par le hasard et les circonstances. Dire que j'ai failli ne pas venir, puisque Pascal était empêché. Je n'aime pas sortir sans lui mais je ne pouvais pas manquer les cinquante ans de Jipé. J'avais oublié cette sensation physique de proximité. Ces complicités simples nichées dans un clin d'œil, une main sur une épaule, un doigt chassant un cil sur une joue. Ce soir, même si nous n'avons pas partagé l'intégralité des trente dernières années, je suis inconditionnellement l'amie de Nathalie et de Soren et de Jipé qui me tend une autre margarita. Reconstitution de ligue dissoute. Le temps a terni nos éclats et effacé les liens, nivelant tout dans une même nébuleuse dont on devine mal les détails. J'en suis, ils en sont. Pierre aussi en est, qui mange des tomates cerises là-bas avec des gens que je ne connais pas. Mais je peux très bien ne pas le distinguer. Je ne me laisse pas attraper par cette nostalgie passagère, il n'est qu'un parmi les autres, atome indispensable / infime, ne pas l'isoler et m'en tenir à ce que j'avais décidé, à cette époque lointaine où je décidais des choses : je sors de sa vie.

Je vais au moins rester jusqu'au cadeau. Ça ne saurait tarder. Leah ne m'en voudra pas trop, tout ira bien si je me laisse porter par l'ordre des choses. En attendant, si Pierre se montre encore, je tournerai la tête, je reprendrai peut-être un dernier verre, je sourirai à Nathalie, elle aussi est jolie je lui dirai, j'admirerai Paris vu d'en haut, on aperçoit le Sacré-Cœur et les odeurs fétides de la ville ne viennent pas jusqu'ici, j'attendrai que Jipé souffle ses bougies, je découvrirai comme les autres le cadeau mystère, j'applaudirai au discours puis je l'attirerai discrètement pour lui dire en tapotant son épaule *Je vais rentrer, la baby-sitter m'attend, Pascal ne rentre qu'après-demain de Chicago, j'ai sa procuration ne t'inquiète pas, merci c'était super, on se voit avant tes soixante ans.* Voilà, c'est ça : je ne remarque pas Pierre, je l'efface à nouveau, je tiens ma promesse, je ne le blesse pas, je ne ravive pas mes troubles / doutes, je ne sais pas qu'il est là, à quelques mètres à peine, je ne le sais absolument pas, je fais comme depuis trente ans, rideau.

On n'en parle plus.

SAMEDI

— 10 h : natation Leah

— 10 h 15 : marché

— 11 h 30 : récupérer Leah à la piscine

— 14 h : match foot Jacob, voir avec les Luner

— 15 h : déposer Hannah à l'anniversaire de Ninotchka

— 15 h 30 : courses avec Leah pour départ classe de mer (ambre solaire, antimoustique, pansements ampoules sandales, short, cocculine)

— 16 h : chercher Jacob au foot ? ?

— 18 h 45 : fin anniversaire Ninotchka, ses parents proposent qu'on reste pour apéro

— 20 h : Solal a une soirée chez Luka, Alfred chez Émile et Jules

— 21 h : Soirée d'anniversaire de Jipé (50), voir pour cado avec Nath / Max

DIMANCHE

— 10 h-12 h : devoirs

— 15 h : vide-greniers

— 17 h : repassage

— 18 h : préparer valise Leah : antimoustique, crème solaire, maillot de bain, serviette bain / toilette, trousse de toilette, 2 shorts, baskets, sandales, casquette, K-way, jean, pantalon rouge, jupe, 5 T-shirts, 2 pulls, 10 culottes, 10 chaussettes, 2 pyjamas, mouchoirs en papier, livre, magazine, appareil photo, trousse, cahier, carnet d'adresses, enveloppes affranchies.

— 20 h : soirée électorale

J'espère que Solal sera là pour la soirée électorale. J'aime bien quand Solal est là. On fera ça tranquillement, les enfants et moi. De toute façon, il faudra se coucher de bonne heure : lundi le rendez-vous est à 6 h 30 devant l'école. Je regarderai un peu les commentaires, je tenterai de me sentir concernée par le résultat et j'éteindrai la télévision. Je vais leur préparer un cake aux olives, tiens, je le mettrai à cuire pendant qu'on fera la valise de Leah. Première classe de mer pour la petite dernière, comment dormira-t-elle là-bas ? Je me souviens de la première séparation avec Solal. Dix jours sans lui m'avaient paru interminables, à les compter avec des petits bâtonnets dans la paume de ma main. À son retour, j'avais tout de suite compris que mon fils avait changé de manière irréversible : il forçait son rire à être plus rauque et mettait les mains dans les poches de son jean pour rendre ses épaules carrées. Il avait laissé son enfance / ma fraîcheur dans le centre qui l'hébergeait avec sa classe, sans me demander l'autorisation. J'aurais beau engager des recherches, remuer ciel et terre, secouer matelas et couvertures, soulever les lattes des parquets et arpenter chaque chemin de terre qu'il avait pris, je ne les retrouverais jamais. Nos baisers auraient dorénavant une raideur inconnue, lui qui s'emboîtait parfaitement dans mon cou ne s'y attarderait plus, me laissant nostalgique / affamée. Solal, bon aîné, avait enclenché le compte à rebours. Je bois désormais chaque câlin comme s'il était le dernier, consignant mentalement la douceur de leur peau, le goût de leur sueur, le salé de leurs larmes, le pulpeux de leur joue et la clarté dégringolante de leurs rires. Me préparant dignement à ce jour, après-demain : dès que le car emportant ma fille sera parti, à l'ultime agitation de ma main, je serai une vieille mère. Leah part demain si elle veut, tu sais.

En principe, les soirées électorales sont sacrées. On coupe du saucisson et des cubes de fromage et dès 19 heures, on est devant la télévision, à traquer le sourire entendu, la mine défaite, la bouteille de champagne débouchée dans un coin d'une pièce ou les chaises qu'on rempile déjà dans une autre. En général, autour de 18 heures, Pascal a vent, grâce à ses relations, des premières indications confidentielles sur les résultats. Cette fois, c'est différent, il est à Chicago et personne ne m'appellera pour me donner l'impression d'être une initiée.

2002 : je me souviens de son visage blême et de ses coups de fil désespérés. *Tu n'as pas voté encore ?*

Va vite, c'est une catastrophe, le borgne est au deuxième tour, va vite. Il pensait pouvoir faire bouger le cours de l'histoire, mon petit mari volontaire. Moi, consciente de l'enjeu bien sûr mais surtout concernée par sa réaction à lui. Quelques mois plus tôt, il avait eu une sorte d'attaque, crise d'hypertension qui s'était terminée aux urgences. J'avais eu peur de le perdre, vraiment peur. Je m'imaginais veuve, flanquée de trop d'enfants. J'ai gardé la sensation glaciale de cette angoisse ; dès qu'il s'énerve, je tremble, je lui dis *Fais attention à ta tension* et ça l'agace. Ce soir-là, il était allé manifester avec les grands. Jacob avait de la fièvre et à peine deux ans, j'étais restée seule à la maison. Une fois de plus, mes responsabilités déléguées. Peut-être qu'au fond, sans oser l'exprimer, je pensais *Les gens en ont ras le bol, toujours les mêmes, à renier leurs valeurs pour attirer le plus grand monde dans leur mer de médiocrité, à dire Je ne suis pas socialiste et la sécurité et l'immigration, donnez-moi le pouvoir et ça ira mieux, je ne suis pas socialiste ne vous inquiétez pas.* Peut-être est-ce ce que je pensais.

Ou peut-être que déjà : je ne pensais plus rien.

On n'a pas bu le champagne souvent pour fêter les élections. Chaque fois, le frigo était pourtant empli de bouteilles. Le pire, c'était en 1993. Pascal se tenait la tête dans les mains en répétant *Quelle branlée, mais quelle branlée.* Les socialistes avaient perdu tant de voix qu'ils se retrouvaient à moins de quatre-vingts députés à l'Assemblée nationale. Pascal le prit comme une défaite personnelle. Le lendemain, il me dit, très sérieux, *Nous devons nous remettre en question*, ce qui ne lui ressemblait pas. Si j'y réfléchis, c'est à partir de là qu'il a commencé à se raidir. *Nos utopies*, disait-il, *sont celles de petits-bourgeois, en complet décalage avec la réalité, l'échec de l'idéologie socialiste est un cataclysme dont nous ne percevons pas encore les conséquences.* Comme s'il prenait acte de la fin d'un monde, la victoire du capitalisme sur le socialisme, il devint ni résigné ni converti aux dieux du marché mais amer envers les marchands d'idéaux. Peu de temps après, nous avons visité les pays de l'ex-bloc soviétique et Pascal chercha / trouva dans ce voyage de quoi alimenter son anticommunisme tardif qui virait déjà, par analogie étrange si l'on y pense, à un anti-idéalisme primaire. À Berlin, où nous avons reformulé notre Serment de juin porte de Brandebourg, il n'admirait pas la beauté des parcs, mais passait son temps à traquer les traces de l'absurde totalitaire pour en tirer des leçons sur les dangers de l'utopie. Je découvrais son amertume ; je ne soupçonnais pas qu'elle allait se répandre peu à peu. Elle tranchait avec tout ce qu'il était par ailleurs, convaincu du nécessaire engagement, toujours guidé par une morale sans compromis. À part la vengeance de 1997, gauche plurielle, succès législatif, chaque élection pourrait en marquer une étape supplémentaire. Notre histoire, quelle banalité, notre histoire est jalonnée de défaites politiques et d'érosion intime mais l'acier ne craint pas les petites oxydations.

Mai 2007, chez les parents de Pascal, il y avait ses frères et sœurs, les enfants, trop de monde pour un si piètre résultat. Sous une reproduction flétrie du *J'accuse* de Zola, la télé diffusait en boucle les images de la perdante sur le toit de l'immeuble de son parti, haranguant la foule plus victorieusement que le gagnant à qui il manquerait à jamais une voix, celle de sa femme. Le grand-père Isaac, encarté depuis la SFIO, membre honoraire de la Ligue des Droits de l'homme, assis dans son fauteuil rouge / râpeux, tenait une main inerte sur son crâne silencieux. La conscience de la famille n'avait rien à ajouter à cette nouvelle déroute, attendant seulement *la réaction de Rocard*. Sa femme, Maminette, chuchota *Au moins c'est un juif*, mais sans conviction, alors que le nouveau président et son sourire rectangulaire emplissaient l'écran.

Un mois plus tard, nous avons réitéré notre vœu d'engagement comme tous les ans. Pascal avait convié pour l'occasion toute notre famille, ses parents et les miens, qui se rencontraient pour la deuxième fois seulement depuis notre mariage. Nous avions choisi de nous rendre à la station de métro Charonne. Nous étions une petite douzaine à nous serrer, coincés entre un guichet automatique et une cabine de photomaton où nous immortaliserions ensuite l'instant (dernière fois, si j'y pense, où j'ai été photographiée). J'avais habillé les enfants de vêtements clairs. Leah avait cinq ans alors. Je la revois encore auprès de ses frères et sœur, sérieuse et attentive au moindre geste. Elle serrait dans sa petite main une tulipe. Lorsque nous avons commencé à dire d'une même voix *Nous jurons solennellement devant ceux que nous aimons et qui nous aiment de ne pas nous séparer…* elle s'est mise à pleurer si fort que ses cris couvraient notre Serment. *Ainsi notre union est-elle à la fois intime et politique, nous voulons à travers elle participer à l'émancipation des peuples et au progrès social.* J'ai senti Pascal se tendre à mes côtés, son visage impassible. Hannah a pris sa sœur dans les bras et tenté de la calmer. La petite hurlait NON en se débattant. Nous aurions pu y voir un cri du cœur répondant au moralisme un peu défraîchi de notre Serment et en sourire. Mais l'heure n'était pas à la plaisanterie. Personne ne comprenait ce qu'il se passait et Hannah, impuissante à calmer sa sœur, était elle-même au bord des larmes. Force du rituel, fût-il personnel, je n'osais pas interrompre notre récitation pour aller rassurer ma fille. On n'arrête pas une messe. Ma mère a fini par intervenir et j'ai senti son soulagement de pouvoir sortir avant la fin de la cérémonie. *Maman part quand elle veut, tu sais.* Elle a poussé ses deux petites filles hors de la station, me laissant seule femme au milieu de mes hommes. Nos mots sentaient un peu le yaourt périmé.

Je ne suis pas victime / épilée et Pierre.

Quand Jipé m'a dit *Pierre sera peut-être là, mais tu sais comme il est : pas fiable, il dit qu'il vient mais ne vient jamais, sans prévenir, c'est sa façon d'être*, j'aurais dû me méfier. J'aurais dû considérer la faible probabilité que Jipé se trompe et ne pas prendre le risque de croiser ce regard qui vient à l'instant de prendre le mien. Je tournais juste la tête, reprenant mes esprits entre deux anecdotes de Nathalie. Et les yeux de Pierre. Les miens, comme autrefois reliés à mon ventre, mes mains affolées. L'échange a duré une fraction de seconde. Mais les secondes n'ont pas toutes la même longueur et leurs fractions peuvent en être autant de prolongations. Alors, la durée de vie d'un baiser ? Trente ans et cette fraction de seconde dans laquelle il me revient en bouche, intact, chaud, palpitant. À l'instant, entre deux battements de mon cœur chaviré, j'entends les souvenirs remonter sans laisser une chance à ma volonté de les endiguer. Chaque minute égrenée, chaque mètre parcouru jusqu'à ce minuscule et impérissable instant, je peux les raconter.

C'était quelques jours après la réélection de François Mitterrand et quelques semaines avant mon mariage. Cette élection avait le goût de réchauffé, la joie n'était pas la même, de soulagement, pas d'exaltation. Nous nous étions croisés par hasard, Pierre et moi, en bas de chez Jipé. Je venais de rapporter des disques que Jipé avait prêtés pour la fête que nous avions organisée après ma prestation de serment d'avocate. On avait chanté comme des fous sur *Mon fils, ma bataille.* Ça amusait l'avocate en droit de la famille que je m'apprêtais à devenir. Surtout *Les juges et les lois, ah ah ah, ça me fait pas peur-eu-eu-eu-eur.* Nathalie, qui avait déjà un enfant dont le père l'avait quittée, s'en donnait à cœur joie et Jipé, je m'en souviens comme si c'était hier, prenait un soin tout particulier à imiter le chant aigu de l'interprète du morceau.

Pierre m'a proposé d'aller boire un verre, puis deux, puis quatre, et à vagabonder dans Paris. Le soleil est tombé sur nos dos de marcheurs. Une heure, deux heures, trois heures. J'appelai Pascal, je lui servis un mensonge : mon père était en pleine préparation d'un festival, ma mère malade, j'allais dormir chez elle. Ce soir-là, en raccrochant le téléphone dans cette cabine chauffée par le soleil de mai, j'avais dans les joues le goût délicieux / amer de la trahison. C'était comme si je trompais Pascal, alors qu'à Pierre je ne donnais même pas la main. Notre ultime promenade a commencé dans l'ivresse et la joie, il s'accrochait aux poteaux des panneaux de signalisation comme en drapeau, les jambes à l'angle droit, je riais. Pierre venait de rentrer d'un tremblement de terre en Équateur, un de ses tout premiers reportages à l'étranger. Il parlait de ses images comme de personnes vivantes, pouvait en décrire le moindre détail puisque, expliquait-il, il les voyait avant même de les développer.

Nous avons marché jusqu'à la Seine. C'était une nuit de semaine, les quais étaient déserts, nous les avons arpentés d'un pont à l'autre, sans même y penser. Le fleuve silencieux avançait comme un tapis roulant à nos côtés, dans son épaisseur sombre scintillaient les reflets des réverbères. Vers le pont Neuf, Pierre m'a prêté son appareil photo. Je le regardais dans le viseur, grand, maigre, les cheveux dans le cou, il portait une chemise et les manches retroussées, comme ce soir. La lumière était faible mais si l'on ne bougeait pas, disait-il, les photos ne seraient pas floues. Il se tenait donc parfaitement immobile, le sourire un peu crispé, les mains dans les poches arrière de son pantalon, la tête légèrement penchée sur le côté. J'ai fait plusieurs clichés de lui, me reculant pour l'avoir en entier. À son tour, il a voulu me photographier. Son regard de professionnel m'intimidait, son regard tout court me faisait monter le rouge aux joues. Pour écourter la séance, je me mis à courir dès la première image capturée.

Vers 5 heures du matin, à l'heure où le jour commence à griffer la nuit, nous avons fait une pause sur le parvis du centre Georges-Pompidou.

Pierre est devenu plus grave. Il m'a parlé de son enfance, ses parents morts, et le chien, qui s'appelait Zooey je crois, ou Franny, je ne sais plus. Il m'a parlé surtout de son frère jumeau Rudy qui était une autre partie de lui-même. Je me souviens de détails, de grands bidons dans lesquels ils se cachaient tous les deux quand ils étaient petits. Au fond des bidons, il y avait une couche gluante d'algue verdâtre. Un jour Rudy s'en était enduit les cheveux pour faire rire son frère. Il racontait que chaque soir, dans le grand lit qu'ils partageaient, Rudy lui lisait des livres à haute voix.

Il faisait un peu frais, je me serrais contre lui, feignant de ne ressentir que de l'amitié complice dans ces histoires qu'il m'offrait et dans son bras qui tendrement enserrait mon épaule nue. C'était Pascal que j'aimais, Pierre était juste mon ami, voilà, un ami qui ne venait pas d'une famille à fauteuils en cuir mais d'un pays de pierres sèches et de châtaigniers, un ami qui n'avait besoin de personne et dont j'étais fière d'être la confidente. Le baiser est arrivé sans que je m'y attende / prépare. Après m'avoir raconté comment il avait développé ses premières photos, dans une chambre noire aménagée par son grand-père, Pierre a, sans transition mais avec beaucoup de douceur, pris mon visage dans ses mains et porté sa bouche à ma bouche. Alors qu'il m'embrassait lentement, il caressait ma lèvre inférieure avec son pouce. Puis, d'une voix à faire vibrer tous les ventres, Pierre a chuchoté *Je t'aime Jeanne.* J'ai dû dire quelque chose comme *Je ne peux pas, je vais rentrer* en me dégageant de ses bras.

Je n'ai jamais oublié le goût de son baiser/doigt.

QUI J'AI EMBRASSÉ ET DONT JE ME SOUVIENS BIEN

— Jacques en CM1, en échange du goûter concocté par sa mère la boulangère.

— Mes cousins à toutes les vacances jusqu'au lycée. On jouait au début à la princesse libérée par les chevaliers ou aux naufragés échoués sur une île déserte, plus tard aux résistants ou au comité ouvrier révolutionnaire clandestin. Le scénario était toujours le même : j'étais une faible femme en danger, ils me sauvaient, pour les remercier, je les embrassais.

— Ma copine de 6e, Nadine, on s'entraînait, pour être prêtes.

— John, lors du voyage de fin d'année en Angleterre, en 4e. Il embrassait en souriant, la bouche ouverte. Embarrassant.

— Paul lors de ce même voyage, dans le bus du retour. Première fois qu'un garçon touchait ma poitrine.

— Jean-Paul au lycée, il portait un appareil. Serait, d'après ma mère, devenu dentiste.

— À la fac : Simon, Louis, Medhi, Patrick et, il me semble, Olivier.

— Pierre, une seule fois.

— Pascal, incalculable.

— Depuis bientôt deux ans : personne.

Je vais rentrer, Leah m'attend pour s'endormir. Il ne faut pas trahir les promesses faites aux enfants. Et nous en étions encore lorsque quelques jours après notre baiser, je lui ai écrit un mot : *Je vais disparaître de ta vie, Pierre, plus jamais tu ne me verras. Ta vie sera sans moi et belle. Notre histoire ne se peut pas, Pierre, soyons raisonnables ; je vais me marier fin juin, tu ne seras pas invité, c'est mieux comme ça.* De toute façon, avais-je pensé en portant ma lettre à la poste, tu seras par monts et par vaux, Yougoslavie, Grèce, Turquie, Iran, à traquer avec ton appareil les sourires des enfants / l'inquiétude des adultes ; tu as une photo de moi, je te la laisse ; je vais t'oublier, ce ne sera pas difficile, Pascal m'aime tellement que je l'aime en retour d'une force que tu ne soupçonnes pas ; ce n'est pas une faiblesse, encore moins un renoncement, cet amour lucide et contractuel, mais un choix réfléchi, une élection ; je sais ce qui m'attend, rien d'imprévu ni de honteux ; quand Pascal me prend la main je suis en sécurité et il fait rire mon père avec son esprit si rapide / insolent / solide ; je serai heureuse, pourquoi veux-tu que j'en doute, soyons raisonnables, Pierre, n'y pensons plus.

Les choix qui engagèrent mon existence furent rarement les miens. J'ai cette faculté : m'en remettre aux autres. À l'école déjà, j'étais la bonne élève qui sait que lorsque l'instituteur demande de rédiger un texte sur *Vos grandes vacances*, il ne faut pas raconter que vous avez été laissée pendant deux semaines avec des inconnus pendant que vos parents allaient dans un festival en Irlande, puis que vous avez détesté servir de tête à essai pour l'un de leurs stagiaires, sortant de prison et espérant se lancer dans la coiffure africaine ; encore moins que derrière le camion, un jour, vous avez surpris votre père remontant la jupe de la femme de Hans, le metteur en scène allemand invité cet été-là, et que vous avez entendu le soir même, tétanisée sous la tente, les larmes de votre mère. Évoquer plutôt avec lyrisme les joies du grand air.

Ce n'est pas parce que je veux leur plaire que je fais ce que les autres attendent de moi, mais parce que j'ai peur. Une vraie terreur d'enfant qu'une adulte ne peut confesser. Je ne sais d'où elle vient mais elle est là, plantée comme un hameçon qui déchiquetterait ma chair sans bruit. *Maman part quand elle veut.* Tantôt j'imaginais que mes parents partiraient un beau jour sans moi, me préférant leurs amis à roulottes ; tantôt j'étais persuadée que s'ils découvraient mes vraies conditions de vie, jamais seule avec mes parents, toujours entourée des *stagiaires*, les enseignants signaleraient mon cas et qu'on me placerait en foyer. La seule stratégie pour s'en sortir était celle du caméléon : se fondre dans tous les décors, s'adapter à toutes les attentes. Assurer mes parents de mon adhésion à leur mode de vie tout en impressionnant les instituteurs par mon conformisme scolaire.

Quand j'ai rencontré Pascal, j'étais ainsi prête, comme du plâtre liquide, à me fondre dans son moule. Ce n'est pas de la soumission mais une souplesse. Les premiers mois étaient comme un rêve. Pascal n'hésitait en rien, aussi confiant à vingt ans qu'il l'est aujourd'hui. Il conduisait la voiture d'une main, passant l'autre sous ma jupe et j'aimais cela, ce désir qui se glissait pour me plaire. Il organisait nos vies pour que nous soyons toutes les nuits ensemble. Nos petits déjeuners étaient tendres, nous lisions le journal, fesses nues dans la minicuisine de son studio, il commentait les nouvelles, je posais des questions auxquelles j'aimais qu'il réponde avec cet air de professeur amoureux. Il me déclara vite sa flamme, convaincu, me disait-il, que j'étais *Elle*, et ses intentions : il cherchait non pas une simple petite amie mais quelqu'un avec qui construire une vie à la hauteur des espoirs de ses parents, immigrés de la première génération qui avaient tout misé sur leur descendance. J'étais touchée par sa détermination à nous projeter dans quelque chose de plus grand que nous. Il me trouvait mille fonctions dont aucune ne me rebutait. Je serais la future mère de ses enfants, la bru de ses parents, la fille de ses beaux-parents, une associée du cabinet d'avocats qu'il allait reprendre et la partenaire de ses vieux jours. Il me promettait, non la mièvrerie bourgeoise des *Je t'aime* à tout bout de champ, mais une union pour toujours. Cela aurait fait fuir toutes mes amies, cela m'aimanta à lui. Je n'avais qu'à le suivre, lui qui accrochait encore des poèmes aux épines des roses, j'étais à l'abri. Certes il ne m'embrasserait jamais à 5 heures du matin après une promenade dans les rues, ni ne ferait trembler mes jambes d'une simple caresse sur mes lèvres, mais il me promettait un avenir rectiligne, une assurance vie dont il était le seul et infaillible contributeur. *Nous jurons solennellement devant ceux que nous aimons et qui nous aiment de ne pas nous séparer avant la fin de nos vies…*

Lorsque j'ai rencontré Pierre, Pascal m'avait déjà exposé ses plans, je n'avais pas dit non, c'était donc que je lui avais dit oui. Pierre, bien sûr, le regard de Pierre, le sourire de Pierre, les petites dents de Pierre, le pouce de Pierre, les lèvres de Pierre, Pierre bien sûr alluma chez moi des feux inconnus. Si j'évitais de souffler dessus, ils finiraient bien par s'éteindre et je ne m'y brûlerais pas. Chut, soyons raisonnables, ne pensons plus à tout ça, une vie d'adulte, presque de vieille femme, ne tremble pas parce qu'un amour de jeunesse la regarde ardemment du coin de la terrasse, *Nous sommes libres ma Jeannou*, ça ne se peut pas, ne pensons pas à tout ce que nous ne faisons plus. Ou alors juste une liste.

CE QUE J'AIMERAIS FAIRE DE NOUVEAU (JUSTE UNE FOIS)

— Marcher sur les quais de la Seine la nuit

— Embrasser vraiment, être embrassée

— Passer une journée sans écouter les informations

— Me coucher sans mettre de réveil

— Porter des vêtements rouges

— Sauter un repas, manger juste des sardines écrasées sur un peu de pain

— Boire un verre de vin, assise par terre au salon

— Être injoignable, y compris pour les enfants

— Rire de bon cœur, à en pleurer.

Je riais avant. Pascal disait que de notre couple, j'étais la gaieté. Impossible de me rappeler comment cela s'est étiolé. Sans doute lentement effiloché, ou mis de côté comme mes vieux habits. Il fallait bien se délester lorsque nous avons emménagé dans l'appartement du boulevard. Nous avons rempli des caisses entières que nous avons données à une association caritative. Je n'ai même pas sauvé mon manteau rouge, acheté à Washington lorsque nous avions prêté serment à nouveau au Lincoln Memorial, à l'endroit même où Martin Luther King prononça son *I have a dream.* En emportant les caisses, Pascal répétait *Nous n'entretenons pas de nostalgie, la nostalgie c'est de droite, nous sommes de gauche, nous regardons devant.* Lorsque plus tard, il rapatria chez nous sa collection de disques, minutieusement conservée depuis son adolescence, nous convînmes que nous devions lui faire de la place. Nous avons emballé mes livres de poche, toute la poésie et les romans de ma jeunesse, pour les offrir à la bibliothèque du quartier. Je ne suis pas attachée aux choses matérielles et Pascal aime que nous soyons généreux.

J'imagine que c'est ce qui s'est reproduit avec mon rire : empaqueté un jour et cédé généreusement à quelque nécessiteux. Peut-être à ces gamines que j'observe, envieuse, quand en se parlant à l'oreille elles éclaboussent d'un rire complice. Ou à Nathalie qui me remémore nos anciens camarades de classe à coups d'imitations. *Et celui qu'on appelait Pablo Neruda parce qu'il venait du Chili, tu te souviens de son accent et de sa façon de dire Yé né pa trouvé lé codé cibil dans la biblioteca ?* Oui je me souviens de lui. Il était timide / perdu / faible. Nous des merles moqueurs. Pardon Pablo Neruda, on ne rigole pas avec les réfugiés chiliens.

Nathalie parle en riant, elle avait déjà cette habitude il y a trente ans. On ne comprend pas tout ce qu'elle dit, certains mots se noient dans son rire torrentiel, d'autres réussissent à s'accrocher à une branche et à parvenir, hors de souffle, rincés, brinquebalés par les tourbillons, jusqu'à la rive. C'est cette euphorie conquérante qui m'avait attirée. De la soirée du 10 mai 1981, c'est peut-être elle dont je me souviens le plus précisément. À peine les résultats connus, elle s'était tournée vers les garçons et avait lancé *Alors on baise ?* avant d'éclater de rire. Tant d'audace / vulgarité / liberté m'avait laissée sans voix. Elle me semblait si mûre. Une année nous séparait, qui m'avait empêchée de participer à ce vote historique. Mais l'élection m'avait mobilisée de longs mois, malgré mes dix-sept ans. J'avais tracté, assisté à des meetings et collé des autocollants partout où je le pouvais. J'étais comme une gamine excitée par l'événement mais chassée au moment ultime : aucune dérogation n'était possible à la règle de la majorité. Mes dix-huit ans tomberaient le 13 août, soit trois mois trop tard. Je regardais Nathalie et Pascal, qui plus tard me porterait sur ses épaules à la Bastille, et Jipé et Pierre et FDM et tous les autres comme des aînés chanceux. Je participai à la fête bien sûr mais comme une invitée extérieure qu'on a bien voulu autoriser à entrer. Je me rappelle l'avoir dit à Pierre, ce soir-là, alors que nous regagnions, entassés dans une petite voiture, la villa de Mermont pour finir la soirée. Il m'apprit alors, chuchotant à mon oreille, et son souffle était chaud, que lui non plus n'avait pas voté.

Je me demande si demain soir, après le rituel *5-4-3-2-1 et le nouveau président est*, une effrontée quelque part osera regarder les garçons dans les yeux et dire *Alors on baise ?* Je me demande si mes filles, si mes fils. Je me demande si mon Alfred, pour son premier vote. Et Nathalie ? Je me demande si elle dit encore cela, elle qui raconte que sa dernière histoire s'est terminée hier matin, avec *un parasite* qu'elle a *viré* de chez elle. Elle le jure : c'est terminé de jouer les mère Teresa, *finitos les Pablo Neruda* échoués dans son salon, réfugiés sentimentaux et atrophiés du respect. Elle n'a qu'une envie, un *seul programme* désormais : s'amuser.

Je réalise que je n'ai jamais eu de programme et pourtant je passe mon temps à dresser des listes.

La terrasse est carrelée comme autrefois celle de mes grands-parents. J'ai cinq ans, peut-être six, je suis plus jeune que Leah et comme elle, je ne dors pas. Ils veulent que je fasse la sieste mais je m'y refuse. Je résiste au sommeil, si jamais ils arrivaient, je ne veux pas les rater. Je sautille d'une dalle à l'autre, un œil sur le chemin où la voiture finira bien par apparaître. Si je touche la ligne, un malheur adviendra. Je suis agile, le malheur n'arrive pas, je passe d'un carreau à l'autre en chantonnant ma petite comptine.

Maman part quand elle veut.
Mais maman ne veut pas.
Nous sommes libres ne l'oublie pas.

Quand enfin, ils débarquent, les cheveux pleins de henné et leurs tuniques transparentes, je suis si soulagée que je cours vers eux avec un sourire. J'espère qu'il leur donnera envie de me reprendre.

Pierre est tout près maintenant. Encore quelques mètres et il sera sur la terrasse. Où pourrai-je me cacher s'il vient ? Dans quel groupe vais-je faire mine d'être en pleine concentration ? Pierre, soyons raisonnables, ne me vois pas, Pierre, soyons raisonnables, ne me regarde pas comme ça, soyons raisonnables, Pierre. Nathalie demande comment je me sens. Aucune idée. Une femme dont la vie a passé en un instant, invisible, maigre ruisseau au bord d'une autoroute. Cinquante ans bientôt, ce qui n'est pas ne sera pas. Voilà la vérité : les lambeaux de mes rêves pendouillent dans mon arrière-cour, je n'ai pas d'autre endroit où les mettre. L'inévitable / absurde question me gratte la gorge : est-ce que tout aurait été différent avec Pierre ? Je bois la margarita d'un trait, l'alcool brûle ma langue et chauffe mes joues. *Comment tu te sens, Jeanne ?* demande encore Nathalie. Je me tourne vers elle, je cherche mon doux et je réponds : *Alors on baise ?* Elle ouvre la bouche, ronde comme *Oh la vache, je ne me souvenais plus de ce truc.* J'ai déjà fermé les yeux, je sais / voudrais que Pierre approche.

Je ne suis pas perdue / épilée et Pierre.

J'ai envie de danser.

Deuxième partie

Réunir le corps électoral

Réunir le corps électoral

(1)

La pénombre a gagné la terrasse et le salon est livré aux guirlandes lumineuses que Jipé a disposées. C'est l'heure d'avant la nuit noire, les silhouettes sont grises, un peu effacées. Je distingue mal, ici des agrégats dansants, là des brochettes discutantes, plus loin des chairs serrées autour du buffet. Sont-ils loin ou proches ? Les distances sont toujours difficiles à évaluer, plus encore même que le relief, la rééducation n'y peut rien. Et Jeanne : loin ou proche ? Ce que nous mangeons, je peux le décrire : un alignement de saladiers, de la viande maigre et froide, des légumes crus découpés en bâtonnets, des fruits, au bout à droite un seul saucisson, encore entier, et, alignées contre le mur, des eaux gazeuses que personne ne convoite.

Au moment où je m'apprête enfin à franchir le seuil de la porte-fenêtre pour te rejoindre sur la terrasse, les premières notes de *Ain't no Mountain High Enough* résonnent, ces petites percussions, comme la cloche qui appelle les concurrents de la course à se tenir prêts, le starter s'apprête à donner le coup d'envoi. Attention au faux départ : au deuxième, on est éliminé. Je ne veux pas te manquer cette fois. Sans que j'aie besoin de te chercher, tu me rejoins sur la piste. *Listen baby*, on ne va pas parler tout de suite, je suis Marvin Gaye, tu es Tammi Terrel, nous allons d'abord danser. Il n'y a rien d'autre que nous puissions faire, tourner l'un autour de l'autre, et nous sourire pour ne pas laisser l'appréhension gâcher ce moment, nous avons perdu assez de temps, trente ans à s'attendre. L'instant est de simplicité : nous sommes ensemble, heureux de nous voir. Tu bouges avec souplesse, tu entortilles timidement tes #bras au-dessus de ta tête que tu inclines charmeuse, gracieuses arabesques. Comme tu es belle. Ta poitrine se bombe légèrement, ton dos un peu cambré.

L'arrière de tes #bras est rond, leur peau claire, je voudrais qu'elle m'entoure déjà.

Je sais, je suis maladroit. Tu es là, face à moi, j'en rêve depuis des millénaires, il suffirait que je prenne ta main et que je guide ta danse pour doucement t'amener à moi, comme savent le faire les garçons bien nés. Mais j'en suis incapable. L'exercice est devenu périlleux. Il vaut mieux que je ferme les yeux pour ne pas me soumettre au roulis de ces distances qui vont et viennent, faisant de chaque personne un obstacle mouvant. Je n'ai de toute façon jamais dansé que seul. Connaître ces pas qui s'apprennent, le rock, le tango, le paso doble, m'a toujours semblé, comme savoir jouer du piano, l'apanage des bourgeois. Sauf la valse peut-être, ce ballet un peu pathétique que les vieux donnent lors des fêtes du village. Un accordéoniste grimpe sur l'estrade et les couples tournent, tournent, chorégraphie claudicante à trois temps, tournent à m'en donner la nausée. Beaucoup de femmes dansent entre elles, désertées par leurs hommes morts précocement. Dans la poussière de la place de la mairie, elles dansent comme on se berce, les mains jointes et les épaules attachées dans un réciproque étaiement. Lorsque par hasard, je passe par là, j'adresse un salut collectif d'un geste de la main et je m'installe sur notre muret. Si Marco me rejoint, on se serre la main et on reste sur le petit mur sans parler vraiment. C'est là notre place, celle que nous occupions déjà avec Rudy et les copains, les jours de bal comme tous les autres, mais les soirs de fête surtout, à jeter des cailloux sur la route en contrebas et à chercher à vider les verres des quelques hommes encore valides. Cela n'a pas changé : les gosses vifs comme des moustiques attendent toujours que l'ivresse prenne les vieux pour tremper leurs lèvres brunes dans le fond de leurs verres. Du mauvais vin et de l'anisette, de quoi nous faire oublier de quoi ces femmes tournoyantes se consolent.

Ma mère au moins n'aura pas été veuve.

Elle était rieuse, comme toi Jeanne qui me tends ton sourire sans âge ; elle est jeune pour toujours. Mon père dansait-il ? J'imagine qu'il allait surtout dans les dancings pour boire une chopine avec les copains pendant que les filles se prenaient pour Brigitte Bardot. C'est au retour d'un bal que leur voiture s'est encastrée dans le mur de la ferme Joutard. Le dernier souvenir – et le premier ? – que j'ai de ma mère est qu'elle nous chantait *Sur le pont d'Avignon* en portant sur la tête un chapeau en papier qu'elle avait façonné. Je voulais qu'elle me le donne. Elle faisait mine de me laisser l'attraper et se redressait au dernier moment en riant.

Je n'ai pas vu le corps mort de mes parents, pourquoi faut-il que je pense à *ça* à cet instant de la soirée, alors que quand tu lèves le #bras, j'entrevois la naissance ronde de ton sein blanc par l'entrebâillement de ta robe ? Il est émouvant, ton sein, je voudrais pouvoir une fois au moins le mesurer au creux de ma main. Nous étions trop jeunes, Rudy et moi, qui venions de fêter nos cinq ans. Je me demande parfois s'ils ressemblaient à ceux de

Srebrenica, leurs gueules ouvertes. Notre grand-père avait été appelé par les gendarmes le dimanche matin ; lorsqu'il est revenu il a juste dit à ma tante Hélène, qui allait nous faire office de mère jusqu'à son départ en Afrique avec un foreur pétrolier, il a juste dit *Elle n'est pas belle à voir, ta sœur, tu sais, il lui manque un #bras.* Je n'aurais pas dû entendre cela bien sûr, ils parlaient bas mais j'étais à l'affût dans la pièce d'à côté, inquiet de cette agitation dominicale. Ce bout de phrase, *Il lui manque un #bras*, s'est fiché en moi comme un éclat d'obus dans l'os d'un civil.

Ain't no Mountain High Enough, il n'y a pas de montagnes assez hautes, pas de rivières assez profondes pour te dire ce souvenir ravivé, Jeanne qui tournes autour de moi en levant alternativement les #bras. Je n'ai pas pleuré devant leurs deux cercueils, j'ai serré les dents et les poings lorsque les femmes du village nous touchaient les cheveux en murmurant *Pauvres petits.* Rudy et moi avions été vêtus de costumes neufs et trop larges. *Ils resserviront*, avait dit papé lorsque nous les avions achetés. Je me demandais si mon père avait ses deux #bras dans sa boîte désormais sous terre. Et surtout, surtout, pendant des années, encore aujourd'hui, certainement demain : où était le #bras manquant de ma mère ? Qui l'avait recueilli ? Était-il à l'abri ou avait-il été oublié par ceux qui avaient nettoyé le lieu de l'accident, caché dans les fourrés, prêt à me terroriser quand je passerais en vélo le long de la ferme Joutard ? Parfois la nuit, je l'imaginais s'introduire dans la maison, grimper l'escalier sans bruit, se glisser jusqu'à notre chambre pour nous donner une clandestine caresse.

Après son élection comme maire du village, notre grand-père était systématiquement appelé en cas d'accident afin, comme il disait, de *reconnaître les corps*. Pour ce que j'en voyais, cela signifiait partir, souvent dans le noir, avec un gendarme et une lampe torche jusqu'aux lieux du drame. Le reste demeurait mystérieux. Reconnaître les corps : s'agissait-il de compter les membres, les doigts, les dents ? Ou juste de dire oui, je reconnais celui-là, le pauvre, c'est le fils Comtois et elle, celle-ci, c'est la dernière des petites Louvet, la plus jolie, si vive que tous les gars rêvaient d'elle. Voilà en quoi consistait la politique pour lui : prendre soin des autres de l'inscription officielle de leur naissance sur le registre d'état civil à ces milieux de nuit blêmes, battus par les vents, les larmes et le sang. Il fallait bien que quelqu'un identifie les cadavres et porte la nouvelle aux familles. J'ai compris le caractère noble de cette tâche lorsqu'à mon tour j'ai dû aller reconnaître son corps calciné, ses doigts éclatés comme des saucisses brûlées mais ses deux #bras bien en place. Quand il rentrait à la maison après ces épisodes pénibles, papé venait frotter sa vieille barbe à nos joues en remontant la couverture sous nos cous. Je n'osais jamais lui poser la question : manquait-il cette fois aussi des morceaux de corps ? Ou ce sort étrange n'avait-il été réservé qu'à notre mère ? Et, d'ailleurs, quel #bras lui faisait-il défaut ? Le gauche, le droit ?

J'y pensais chaque nuit alors que nous étions sur le point de nous endormir dans le grand lit que nous partagions, Rudy et moi, maintenant que nous habitions chez notre grand-père. Et j'y pense encore, vois-tu, ce soir, alors que mon esprit devrait se délester enfin de ses boulets. Une nuit, je me tournai vers mon frère et je demandai en chuchotant *Dis Rudy, tu le sais où il est le #bras de maman ?* Bien sûr qu'il le savait : nous avions beau être des jumeaux, Rudy était l'aîné, né douze minutes avant moi d'après le livret de famille, et le plus savant de nous deux. Il avait même un savoir encyclopédique, pioché dans les livres de la bibliothèque de notre grand-père, héritée de l'instituteur à qui il avait sauvé la vie avant guerre en le dégageant d'une charrette qui lui était tombée dessus. Depuis l'instituteur appelait papé Jean Valjean, cela nous procurait une certaine fierté, surtout à Rudy qui passait des heures, depuis qu'il savait lire, à éplucher les manuels d'anatomie, d'entomologie, d'herboristerie, à me raconter les *Fables* de La Fontaine, *Les Misérables* et les aventures du Capitaine Fracasse. Il lisait, je regardais les images, les mémorisais dans leurs moindres détails et les reproduisais en imagination quand je cherchais le sommeil. Rudy s'endormait souvent avant moi, son corps recroquevillé dans son coin du lit et de temps à autre pris de soubresauts presque électriques. Il ne me restait que lui, mon jumeau, ma famille ; j'avais une confiance totale en son jugement. Il me rassurait, même plus tard, même après tout ce qui s'est passé, même maintenant quand tout le monde dit dans son dos et à voix sourde *Le pauvre, il débloque.*

Rudy savait ce qu'il était arrivé au #bras de notre mère mais je devais jurer de ne le dire à personne. Même pas à notre grand-père qui risquerait d'être enlevé, nous laissant seuls pour de bon. Nous ne devions pas le mettre en danger, soufflait-il en articulant exagérément. D'après mon frère, le #bras avait été récupéré immédiatement après l'accident, avant même l'arrivée des secours, par les Américains qui faisaient des expériences pour aboutir au clonage humain. Ils se livraient une guerre secrète avec les Russes et envoyaient des brigades clandestines sur chaque accident pour ramasser ce qui pouvait l'être. Rudy avait beaucoup réfléchi à la question, il avait lu des bandes dessinées qui étaient par miracle parvenues jusqu'à la Maison de la presse du bourg. Le #bras de notre mère avait dû être acheminé jusqu'à une base secrète, tenue par des GI au beau milieu du désert du Nevada. Là-bas, il serait assemblé avec les morceaux d'autres femmes glanés dans le monde entier. On pouvait imaginer qu'ils greffaient des membres de même couleur de peau. D'une future femme clone, notre mère fournirait un #bras, une autre prêterait ses jambes, *et les nichons*, disait Rudy, *ils seraient ceux d'une troisième.* D'après certaines personnes, poursuivit-il en faisant tressauter ses jambes dans le lit, les expériences étaient tellement gourmandes en corps humains qu'elles nécessitaient beaucoup d'accidents. Ni les Américains ni les Russes n'osaient aller jusqu'à faire disparaître entièrement les corps des morts, à part bien sûr ceux de leurs prisonniers, qu'on ne revoyait jamais. Pour ces personnes, les accidents n'étaient pas fortuits mais la conséquence d'un complot ourdi de concert par les deux super puissances. Mais il y avait plus grave. Rudy avait retourné les choses dans tous les sens et il avait acquis la certitude qu'il manquait probablement autre chose de nos deux parents dans leur cercueil en bois brun : *La quéquette à papa.* Les Russes, croyait savoir mon frère, étaient particulièrement à la recherche de sexes masculins, *Pour la reproduction, tu comprends ça frérot, hein ?* Dès qu'un accident se produisait, les Russes rappliquaient et faisaient main basse sur les trophées des morts. Ils espéraient ainsi pouvoir engendrer une armée de clones, reproductibles à l'envi. Ils avaient monté des laboratoires un peu partout : *dans l'immensité des steppes* et dans toute l'Afrique où ils possédaient de nombreuses *bases de repli.* Rudy n'entendait pas abandonner ainsi le patrimoine familial : il formulait le projet de reprendre ce qui était à nous. *Il suffit qu'on attende de grandir pour voir comment seront nos quéquettes et on reconnaîtra celle du papa,* dit-il. *On montera un programme secret et j'irai la chercher en URSS. Je tuerai Brejnev s'il le faut mais je la ramènerai.*

J'ai toujours été le plus naïf des deux, *pas bête, naïf,* c'est ce que disait notre grand-père en me donnant une tape derrière la tête. J'étais estomaqué par ce que m'apprenait mon frère à voix basse sous notre couverture. Je tremblais de terreur et d'excitation en imaginant des kilomètres d'étagères pleines de bocaux remplis de sexes masculins. L'idée que Rudy doive tuer Brejnev pour récupérer celui de notre père m'inquiétait. Le leader communiste n'avait-il pas la nette préférence de papé sur Nixon l'Américain ? J'avais peur que notre grand-père nous répudie s'il découvrait notre plan. Je mettais ma tête entièrement sous la couverture, construisant une petite caverne bien sombre. Dans les plis du drap, les ombres dessinaient des personnages de profil, des femmes implorantes, couvertes de fichus sur la tête, des vieux courbés, des bébés chauves et des rangées de chevaliers porteurs de lances. Au fond de cette cavité, les jambes de Rudy, toutes blanches et tordues aux genoux, faisaient comme des murets. Elles étaient couvertes de boursouflures roses, boudins de chair, cicatrices de ses chutes à répétition et de ses scarifications secrètes. Rudy se faisait souvent mal, anormalement mal, mais personne ne voulait le savoir. En le souhaitant très fort, en ne s'attachant qu'aux détails et pas à l'ensemble – ce qui peut devenir une règle dans la vie pour qui ne veut pas trop souffrir –, les jambes maigres de mon frère pouvaient ressembler aux #bras imberbes et meurtris de ma mère, à son #bras, l'unique qui comptait désormais. Je n'avais pas le droit d'y toucher, sous peine de recevoir une claque conformément à notre règlement intérieur. Juste les regarder sans respirer, imperceptible, et prier, oui prier, de ces prières que font les athées dans le silence de leurs grottes intérieures : si le #bras de ma mère existait quelque part, alors je pouvais espérer un jour en sentir à nouveau la douceur.

[La peau sur les os]

La chair a totalement disparu, sans trace ni coulure – proprement, c'est ce qui frappe. Ne restent que les os, nets, fins, et ce vêtement devenu immense, un T-shirt sombre avec un énorme numéro 13 blanc floqué dans le dos. Le #bras droit est replié sous le buste de la personne, la face est contre terre, sur les graviers. Le crâne est une boule sombre sur laquelle se dessinent trois ou

quatre étranges formes blanches. De loin, on pourrait croire qu'il s'agit des orbites des yeux et de la bouche ou alors de l'œuvre d'un peintre pratiquant l'art brut. De près, on ne sait pas. Le #bras gauche donne le sens de l'image, horizontal. Celui-ci est allongé, pas recroquevillé. Allongé, étiré, le plus droit possible comme lorsque l'on doit gagner des centimètres pour attraper quelque chose de trop haut, trop loin. Des feuillages et des batonnets friables l'entourent, à quelques centimètres à peine et pourtant hors d'atteinte. Au moment du dernier souffle la main s'est crispée sur cet effort ultime et inutile. On ne sait si le jeune homme cherchait à attraper quelque chose ou à creuser sa propre tombe.
#Rwanda, #Nyarubuye, #13, #crâne, #bras, #gravier, #Tutsi, #génocide

Autour de nous, les danseurs s'agglutinent. Maintenant c'est Michael Jackson qui inspire Jipé et son entrejambe. Des cris surgissent, on voit des #bras sortir de la masse. Tu ris. Jeanne, tu es jolie aussi quand tu ris, la tête en arrière, les yeux clos. Je ne me souvenais pas que tes dents, devant, étaient légèrement écartées. Mais de ton rire, oui. Nathalie s'est glissée jusqu'à nous, elle danse la bouche ouverte et les #bras en l'air. Elle s'avance et se recule dans une chorégraphie personnelle, assez peu adaptée à la topographie de la pièce bondée. Elle se cogne aux autres danseurs à chaque reculade mais ne s'en soucie pas. Sa jupe est un peu courte. La peau de ses jambes est piquetée de taches de rousseur et semble légèrement plus large que le corps qu'elle enveloppe. Elle plisse au-dessus des genoux qui m'apparaissent soudain comme deux terrifiantes gueules grimaçantes.

Le premier n'était pas seul et les cadavres baignaient dans leur sang. C'était dans une école au Rwanda. Nous étions entrés, Gilles et moi, dans la classe à la suite des militaires tutsis que nous suivions depuis la veille. Gagnant du terrain sur les forces hutus, ils allaient de découverte macabre en découverte macabre et nous en étions les premiers témoins, Gilles, nos appareils photo et moi. Les trois corps étaient allongés entre les tables, odeur putride. *La tuerie a eu lieu il y a quarante-quatre jours*, a dit un soldat. Deux des cadavres étaient sur le ventre, on leur avait tiré dans le dos, le troisième gisait face en l'air, les jambes pliées. Ils étaient tous en short et pieds nus. Je ne pouvais détacher mon regard de leurs plantes des pieds et la vue de leurs orteils fit trembler mon menton. Un des corps était coincé sous une table d'écolier. Illusoire tentative d'échapper au massacre. Gilles, qui avait de l'expérience, m'a conseillé de mettre un foulard sur ma bouche et mon nez, donné un bonbon mentholé et ordonné de sortir mon appareil.

Nous n'avions rien d'autre à faire, à dire. C'est, c'était, mon travail. Régler l'ouverture, la vitesse, choisir le cadre, ne pas réfléchir, déclencher, encore, encore, encore, ne pense pas qu'ils sont morts, ne pense pas à ton père, encore, change de cadrage, recule, avance, tente un gros plan sur les pieds, les orteils, essaye un autre objectif, ne pense pas au #bras de ta mère, fais cracher l'appareil, dépêche-toi, ils veulent emmener les corps et tous les autres dans la cour, les dizaines d'autres, les centaines d'autres, ils t'attendent aussi, dernière photo avant disparition totale, ne les loupe pas, ne pense pas qu'ils sont mille, qu'ils étaient mille, pense qu'ils étaient un, chacun un, les massacrés exigent que tu sois à la hauteur et digne, ne pense pas au #bras de ta mère, ne pense qu'aux suppliciés, aux enfants jetés dans les latrines, ne te remémore pas Mitterrand à la télé, *Nous ne sommes pas destinés à faire la guerre partout, même lorsque c'est l'horreur qui nous prend au visage*, oublie ça, concentre-toi sur le viseur, traverse-le, deviens la scène, deviens les morts, deviens l'horreur qui te prend au visage, deviens la guerre partout, le sol crasseux, les bureaux d'écoliers et les papiers qui traînent, attends le bon moment et déclenche, fais ce que tu as à faire, tu vomiras après. Sur le parvis de l'église de Nyarubuye, il y avait d'autres corps entassés, des centaines de gueules ouvertes dans un cri silencieux, gueules comme les genoux de Nathalie, des milliers de jambes, de #bras arrêtés dans un mouvement, éternellement horizontaux. Dans un coin m'attendait aussi un pull rayé, pareil à celui qu'Hélène avait ramené de Bretagne à Rudy, un pull rayé et un cauchemar. Tout ce qu'il restait d'un homme était ce crâne blanchi, tourné sur le côté droit, le #bras gauche replié au-dessus de sa tête et son pull blanc rayé de noir. Je me suis agenouillé, presque aplati pour le photographier. Ses dents étaient apparentes, elles lui donnaient l'air d'un gisant souriant au milieu de l'enfer.

C'était le pire endroit pour penser à Rudy, c'est pourtant là, à ce moment précis que j'ai voulu parler à mon jumeau. J'ai trouvé un muret où m'asseoir. Gilles continuait à travailler. J'ai allumé une cigarette et appelé l'hôpital avec le téléphone satellite. À sa voix pâteuse j'ai compris que l'échange serait bref. J'ai dit *Salut grand frère*, il a grogné quelque chose au sujet de Balladur et des élections européennes. J'ai redit, absurde, *Salut grand frère, je suis en Afrique tu sais*, je n'ai pas parlé des bases de repli soviétiques, ni des grandes steppes, ni de la quéquette à papa, respirant par la bouche pour ne pas sentir l'odeur de ceux que mon pays avait laissé tuer, et j'ai raccroché.

Rudy, j'ai cherché partout mais je n'ai jamais trouvé le #bras de maman.

[Flora, 2 juin 1994]

Elle était debout, seule verticale dans cet infini horizontal. Comme des ratures au sol, traits noirs sur le sable souillé de leur sang, les hommes, les femmes, les autres enfants du village, allongés, réduits à leurs gueules ouvertes, leurs yeux terrifiés que personne n'avait songé à fermer.

Elle marchait au loin, au bord du cadre. Je ne sais pas si je l'ai vue avant de lever l'appareil ou si elle s'est glissée dans l'objectif. Elle marchait, seule verticale quand tous horizontaux, seule mobile quand tous inertes, petite fille vivante quand toute humanité morte. Elle marchait en tanguant, mobile flammèche d'espoir, marchait sur les corps, s'équilibrant de ses #bras, disant pardon, j'entendais ses excuses, il fallait bien qu'elle sorte de cet amas de morts, pardon papa, pardon maman, désolée maîtresse, attention monsieur, elle marchait comme une reine saoûle, sa silhouette droite et noire se découpait sur un ciel outrageusement bleu.

> J'ai rangé l'appareil, j'ai contourné le charnier, detourné mon regard de ces gueules suppliantes et je l'ai rejointe, là-haut, au bord du cadre. Elle s'appelait Flora, elle avait neuf ans, il lui manquait deux dents.
> #charnier, #cadavres, #tas, #bras, #fillette, #dents, #Rwanda, #génocide, #Flora

Tu m'effleures en dansant autour de moi. Tu me tournes à l'instant le dos, tes hanches, l'arrondi de tes hanches. Je suis sûr que *l'autre* aime y passer ses mains et peut-être sa langue. Il n'y a que toi, Jeanne, dont j'aie jamais été jaloux. Les autres filles je les partage volontiers et ce n'est pas du mépris. J'aime cette idée de n'appartenir à personne, de ne posséder personne et que les corps se prêtent. Je ne sais combien j'en ai vu passer ainsi, leur donnant tout dans l'instant mais les abandonnant à la concurrence dès l'étreinte terminée. C'est le seul libéralisme dont j'ai été un militant convaincu. Mais toi, non : la simple évocation qu'un autre, *l'autre*, puisse embrasser ta nuque et le bout de tes seins, qu'il puisse connaître le bruit de ton sommeil et l'odeur de tes réveils, cette idée fait monter une colère triste en moi. Je ne sais pas dire ces choses-là, toujours pas. Je me souviens de notre dernière rencontre, ces quelques minutes sur un trottoir, nos phrases maladroites. J'avais reçu une lettre de toi qui m'annonçait votre mariage et ta, comme tu l'appelais, *Décision.* J'aurais voulu te dire *Attention, tu fais une erreur, la magistrale erreur de ta vie, arrête avec ta solennité et ton définitif, viens avec moi, nous nous promènerons en parlant jusqu'aux petits matins et nous nous embrasserons doucement, nous découvrirons des pays, je prendrai des photos, tu défendras des causes, nous vivrons simplement, Rudy deviendra ton ami, il n'y a personne avec qui je puisse être autant moi qu'avec toi, personne avec qui je me sente mieux, j'essayerai de te rendre heureuse, ne va pas là-bas, crois-moi, ne t'abandonne pas à ça.* J'aurais dû courir après toi, physiquement t'empêcher, faire barrage de mon corps. J'ai juste été capable de retenir mes larmes dans un sourire de bon garçon quand tu m'as dit *Salut.*

Toi aussi tu forçais ton sourire.

Un jour, des années après, Jipé est venu passer une nuit ou deux chez nous. À peine installé dans la voiture, alors que nous entamions la remontée jusqu'à la maison à près d'une heure de la gare, il a commencé à parler. Un homme avec qui il avait vécu des années venait de le quitter, il était malheureux. Nous avons passé deux jours dépouillés du superficiel de la vie sociale qui nous oblige et nous corsète. Nous marchions dans la forêt humide,

Franny nous servait d'éclaireuse excitée, cherchant loin devant nous des bâtons gluants qu'elle nous apportait dans sa gueule baveuse, et nous disséquions nos vies, nos choix, nos renoncements. Il me dit alors son regret de ne pas être père. Je me souviens de ma surprise de n'y avoir jamais pensé pour moi-même. Pour souligner à quel point des enfants lui manquaient, Jipé fit plusieurs fois référence à ta famille, Jeanne. Toi, *l'autre* et vos multiples petits, une harmonie de publicité, un corps constitué, organiquement composé de tous ses membres, indissociables et interdépendants que j'imaginais souriant *ad nauseam* sur des photos mal cadrées. Tout ce que je ne serais jamais. Je ressentis l'envie, la colère, le regret et, pour la première fois, cette peur insidieuse et vertigineuse : d'avoir raté l'essentiel.

Des enfants, je n'en aurai pas. Pourtant il me semble que je les connais bien, pour les avoir fréquentés dans les pires endroits au monde. Lors de mes premiers reportages, je commençais souvent par m'approcher d'eux, petits garçons poussant un ballon ou gamines sautillant dans une ruelle. Sur mes planches-contact, leurs photos précèdent toujours celles de leurs pères, cachés derrière des coins de murs, armés comme à la parade ou terrés dans les caves. Et plus loin sur la pellicule, leurs cousins plus âgés, étendus dans leur sang noir, fauchés dans la poussière de leurs vingt ans. Dans les coulures gluantes de leurs entrailles gisent l'échec de notre génération et les restes puants de nos utopies – paix éternelle, mort des nations, agonie des religions. Je me sentais assigné à cette tâche : témoigner de cela, nos faillites, comme si les raconter m'en exonérait ; fixer sur le papier le moment où la vie, dans une fraction de seconde immortelle, défie son bourreau ; donner à ces morts la seule chose que je puisse : une sépulture argentique.

Pourquoi faut-il qu'ils me viennent en tête à cet instant précis ? C'était juste des corps, Jeanne, pareils au tien, de la chair et de la peau douce, parfois aussi jolis, des hanches qu'on aurait voulu caresser, des cuisses qu'on aurait pu remonter lentement et des fesses embrasser.

Tu as tes deux #bras, toi. Ils sont blancs, douces balançoires dans la pénombre où nous dansons à l'écart. Tu ne ressembles qu'à toi. L'intensité de tes yeux qui brillent et ne me lâchent pas, l'éclat de ta peau, le début de ton décolleté. Le même regard sans filtre que celui de ta photo. Je me demande à quel moment nous allons nous toucher.

Antisocial, maintenant, de Trust. Et immédiatement, la furie sur la piste de danse. Jipé et FDM donnent le ton : ils se ruent l'un sur l'autre en agitant #bras, jambes et têtes. Ils sont grotesques bien sûr avec leurs crânes dégarnis et leurs ventres qui bombent leurs chemises, mais nous les rejoignons tous. Nous sommes une bande de vieux Indiens, des bourgeois punks ; encore vivants si ainsi nous bougeons.

[Rudy au pull rayé]

Il devait faire froid ce jour-là, un de ces après-midi d'hiver crus : dans le fond on distingue les flammes de la cheminée et la lampe est allumée sur le meuble en bois. Nous faisions très rarement du feu, il fallait vraiment que les températures soient glaciales, papé n'aimait pas ça, grognant *Faites voir à pas tout faire flamber* dès que nous craquions l'allumette. Rudy est assis dans le vieux fauteuil brun. Il a replié ses jambes, on aperçoit ses chaussettes, rouges. Un livre de poche, dont le titre est illisible à cette distance, est posé face ouverte sur sa cuisse droite. Il porte un pantalon sombre, noir ou bleu marine, pas un jean, et sa marinière. De vacances en Bretagne, Hélène nous avait ramené à lui le pull rayé, à moi le ciré jaune. Elle disait *De vrais marins* en nous voyant les porter. Je n'aimais pas le ciré, préférant sentir la pluie de chez nous imbiber ma veste, surtout

les soirs d'orage. Rudy adorait son pull, le portant comme un fétiche au-delà de toute crasse raisonnable. Nous devons avoir vingt-quatre ans. Oui, je dirais cela : la photo est prise à l'hiver 1986, il fit si froid alors. Les canalisations avaient gelé et les routes s'étaient retrouvées paralysées de longues journées, rendant la vallée à sa tradition autarcique. Mon frère et moi étions alors les punks de SEVF, cheveux dressés en épis durcis par le gel du supermarché, Doc Martens coquées rapportées de Londres, badge rond des Clash sur nos vestes en jean. Si nous sommes en 1986, Rudy avait déjà effectué quelques séjours à l'hôpital. Mais la photo a été prise un bon jour, il a l'air détendu et la maison paisible. Franny est montée sur lui, elle a posé les deux pattes avant sur son #bras gauche. La chienne lui lèche le visage et il sourit, mon grand frère.
#famille, #intérieur, #hiver, #fauteuil, #cheminée, #Cévennes, #chien, #Franny, #frère, #langue, #bras, #livre, #Clash, #marinière

Blandine est particulièrement drôle : sa blondeur, la finesse de ses talons et le serré de sa jupe tranchent avec la rugosité du chant qui fait battre les baffles mais elle se déchaîne comme si elle était la dernière des participantes à un sombre festival anarchiste. Luc son mari, chercheur au CNRS habituellement réservé, plie les genoux et mime le jeu d'un fougueux guitariste. Ça se termine en ronde suante, nous nous tenons par les épaules. Tu es à mes côtés, ta main chaude s'agrippe à mon cou. Je murmure dans tes cheveux *Tu es belle* sans être sûr que tu m'entendes. Je ne sais pas qui lance *Tous ensemble, tous ensemble, ouais ouais !*, mais nous le reprenons en chœur, mieux qu'à toutes les manifs où nous n'allons plus depuis longtemps.

Quelqu'un coupe la musique. Nathalie crie *Et je remets le son !* Mais personne ne remet la sono. C'est l'heure du sketch. FDM se place au centre d'un cercle que nous formons, bien serrés et essoufflés. Jipé est assis sur une chaise, rosissant et battant des mains comme un gamin. Jeanne, tu es si près de moi. Nos coudes se touchent et je peux voir, dans la transparence de ta peau bleutée, battre ta tempe gauche. Tu essuies en me souriant un voile de sueur au-dessus de ta bouche framboise. Je voudrais manger ce sourire. FDM prend le micro que lui tend Max. Jipé : *Ah chouette, vous allez me torturer ! Je me déshabille tout de suite ?* Nous rions, d'excitation et de légère appréhension.

J'ai toujours redouté les interventions de FDM lors des soirées. Il s'en était fait une spécialité il y a trente ans de cela. Des jeux avec les noms, beaucoup de calembours et d'animations plus ou moins drôles mais toujours trop longues. FDM tire sur sa veste, il tente de rentrer un peu son ventre. Une rumeur de piétinants monte du groupe massé comme derrière des barrières : *le cadeau, le cadeau !* Max fend le cercle et dit *Ah non, désolé, le cadeau n'est pas encore arrivé, le cadeau est en route, il a un léger retard, nous l'attendons, un peu de patience mon chéri : tu ne seras pas déçu. Et vous non plus d'ailleurs.* Nous applaudissons, sans savoir pourquoi mais nous applaudissons. FDM sort plusieurs feuilles de sa poche. Tu te serres contre mon flanc, je me tourne légèrement pour te laisser un peu de place. Mon bas-ventre frôle ton #bras. Ton profil est net, ta peau presque dorée, tu es si jolie, à quel moment vais-je ? Les veines de tes mains sont un peu gonflées ; une petite chaîne en or, très fine, entoure ton annulaire. Juste à côté de ton alliance.

Mes chers amis, nous sommes réunis ce soir pour fêter l'élection, euh non, pardon, pas encore, ça porte malheur, nous sommes réunis ce soir pour fêter l'anniversaire de Jean-Paul. Eh oui, désolé de casser un mythe mais notre Jipé ne s'appelle pas Jean-Philippe comme Smet, ni Jean-Pierre comme Chevènement, ni même Jean-Patrick comme Capdevielle mais

Jean-Paul comme Blum, Jaurès, Gandhi, Guevara et Luther King.

Meuh non, je rigole : notre Jipé s'appelle Jean-Paul comme Belmondo et Deux !

Oui je sais ça fait mal au début, mais vous verrez on s'y fait. Tout comme il va bien falloir que tu t'y fasses, mon petit Jean-Paul, à être un quin-qua-gé-naire. À toi bientôt l'incontinence, les siestes la bouche ouverte, les concours de Sudoku et la mémoire qui flanche. Pour te la rafraîchir, je te propose d'ailleurs un petit jeu. Nous allons retourner dans les cinquante premières années de ta vie, mélanger grande histoire et anecdotes purement jipesques, et t'interroger. À chaque point gagné, une année de vie supplémentaire te sera créditée.

Concentre-toi, ça vaut la peine. Je te rassure : j'ai prévu une centaine de questions, des items, comme on dit dans notre jargon de sondeurs, et, comme on dit aussi toujours pour rassurer les sondés, tu n'en auras bien sûr que pour quelques PETITES minutes. Ah, ah, ah ! Es-tu prêt ?

Je prends Jeanne par le #bras et la tire doucement hors du cercle. Son oreille est toute fraîche, j'y glisse mes premiers mots audibles : *Tu viens ?*

Réunir le corps électoral

(2)

Nous voilà.

Plus personne pour me cacher, aucun groupe où me fondre. Juste lui, moi, la terrasse vide. Nous nous mettons dans un coin sombre, à l'écart du clignotement des guirlandes. La nuit a recouvert la cité. *Quand tu rantre ?*, m'écrit Leah avec le téléphone de sa baby-sitter. Bientôt, je rentre bientôt. *J'attends le cadeau et j'arrive, couche-toi.* Il fait encore chaud. Les fenêtres sont ouvertes et laissent échapper les braillements des télévisions. En bas, entre le parking et les halls d'entrée, on devine quelques silhouettes, petites fourmis qui vont, viennent et s'apostrophent. Bruits de portes, ça me fait penser aux sonorités métalliques de la prison. Pierre me fait face, force tranquille, l'air de celui qui sait exactement ce qu'il veut / pense. Je suis l'inverse, toujours prise entre deux idées, à balancer de l'une à l'autre, depuis le temps que je ne sais plus. Il va nous falloir parler, n'est-ce pas, mais pour dire quoi ? J'aimerais qu'il commence, je me laisserais guider par sa conversation, mais il ne semble pas pressé. Il n'a jamais été bavard. Quelques rides près de ses yeux et des cheveux gris autour des oreilles. Il porte toujours la chemise hors du pantalon. Elle tombe sur ses hanches, je pourrais la soulever, les manches enroulées sur des avant-bras déjà bronzés. Une blague, ce serait bien de trouver une blague. Il tient un verre. Ses mains épaisses, les ongles rongés trop loin, sa peau sèche. Son sourire, le même, petites dents, lèvres épaisses. Ne souris pas comme ça, Pierre.

— Tu étais déjà venu ici ?

Difficile de trouver plus banal. C'est comme si j'engageais la conversation avec un inconnu dans la salle d'attente d'un orthodontiste.

— Non, je viens rarement à Paris.

— C'est donc vrai ce que disait Jipé : tu es retourné dans les Cévennes ?

— Oui.

Comme avant, ses phrases courtes / pleines.

— Nous y sommes allés en vacances un été il y a quelques années. C'est très beau.

Nous avions loué un mas dans le Gard avec des amis, un associé du cabinet, sa femme et leurs enfants. La propriété était somptueuse, piscine, tennis, oliviers dans le parc. Je ne l'avais pas choisie totalement au hasard, je savais que Pierre vivait non loin. Pendant les deux semaines passées là-bas, j'ai cru le voir partout, à la station-service, entre deux clients de la Poste, aux terrasses des cafés, derrière les arbres des forêts. Chaque soir, alors que Pascal s'endormait comme un gros chat, je sortais sur la terrasse et j'attendais seule dans le noir, assise dans un fauteuil en toile. Pierre n'habitait qu'à quelques dizaines de kilomètres. J'imaginais qu'il venait me chercher. J'écoutais les bruits venant de la route toute proche : si le ronronnement de ce moteur et la lueur de ces phares étaient les siens, je me sentais prête à le suivre comme j'étais, pieds-nus, couverte d'un vieux T-shirt et sans culotte. Il ne peut deviner cela, il n'est pas venu.

— C'est quoi le nom de ton village, déjà ? Saint-Étienne truc truc ?

— Saint-Étienne-Vallée-Française, mais on dit SEVF.

Vallée-Française, tout un programme. Pascal en avait trouvé la signification dans un guide touristique le jour où nous y étions allés, je l'ai oubliée. J'avais profité du fait que les enfants voulaient voir les Przewalski, ces chevaux sauvages réintroduits sur le Causse Méjean tout proche, pour y réserver une table. J'espérais que Pierre se tiendrait dans l'ombre de la terrasse au coin de la longue table que nous occupions en bons Parisiens : bruyants, hautains et porteurs de chapeaux de paille achetés sur le marché quelques jours auparavant. Pascal, pendant le repas, se rappela que Pierre venait de la région. Il en parla comme de l'exemple même de la méritocratie républicaine : *Ce fils de paysans, orphelin de surcroît, a pu faire des études à Paris et devenir grand reporter, c'est quand même l'honneur de la République, non ?* Si l'on m'avait interrogée, ce n'est pas du système des bourses que j'aurais parlé, mais de la justesse / droiture de son regard et de la manière dont il m'avait caressé la lèvre inférieure avec son pouce lors de notre unique baiser. Et aussi de cette façon, unique / troublante, qu'il a de me dévisager, son air d'avoir toute la vie devant lui, à cet instant comme autrefois. Je tourne la tête pour que ne prenne pas le vertige. Personne ne me demanda mon avis sur Pierre. Après le déjeuner, nous parcourûmes les ruelles du bourg à pied. Les enfants couraient devant, pris dans je ne sais quelle aventure de chevaliers. Avec leurs bâtons, ils fouettaient l'air et mon Alfred se tenait buste droit et jambes écartées, comme s'il venait de domestiquer un étalon sauvage. Les adultes jaugeaient les maisons en rêvant à d'hypothétiques travaux de rénovation si d'aventure ils en devenaient les propriétaires. Je laissai le groupe me devancer, guettant chaque ombre, la moindre silhouette. Nous rencontrâmes peu de monde dans ces rues écrasées du soleil blanc de l'après-midi. À un moment, pourtant, j'ai cru, au volant d'un pick-up j'ai cru. Mon cœur a laissé passer quelques battements. Le véhicule m'a dépassée puis a ralenti, le temps, pensai-je, pour le conducteur de me regarder dans le rétroviseur avant d'accélérer de nouveau.

— Il y a un restaurant là-bas ? On y était allés je crois.

— Oui, chez Fifi. J'étais à l'école avec lui.

Pierre ne demande pas où nous étions, ce que nous avons fait. C'est comme s'il savait que tout cela n'a aucune importance. Il laisse prospérer entre nous un silence qui nous enveloppe bien plus qu'il nous sépare. L'évidence est là, inchangée, immédiate. Il me prendrait pour une folle s'il savait. Elle est inavouable, à quarante-huit ans plus encore qu'à vingt-cinq, cette place qu'il a prise dans ma vie, moi qui pourtant l'en avais chassé avec la plus grande des assurances. Hannah, quand elle était petite, avait un ami imaginaire appelé Calicou. Elle pouvait passer des heures à lui parler. Eh bien, c'est comme si, oui, voilà : Pierre est mon Calicou, ma fantaisie, mon irraisonnable recours virtuel ; toujours j'y repense, sans cesse me réfugie dans son souvenir ; il est comme une écharde plantée profondément sous la peau de l'orteil : j'ai eu beau me dire pendant toutes ces années que ça passerait, que la corne allait s'épaissir jusqu'à la rendre oubliable, il est là, piquant au moindre pas, lancinante réminiscence qu'aucun présent ne recouvre vraiment.

— Et toi, toujours à Paris ?

— Oui, nous vivons dans le XIVe. Nous avons un grand appartement, confortable, enfin je veux dire, confortable on s'en fiche, mais il est bien : voilà, nous avons un appartement qui est bien. Ah pardon, mon téléphone, un appel, c'est Pascal justement. Je dois répondre. Excuse-moi un instant.

Je m'éloigne pour écouter la voix crachotante de mon mari. Il est à Chicago, crevé par sa semaine et *cet abruti de Bret.* Je me mets à raconter la soirée, je dis que je vais rentrer bientôt parce que Leah, vite changer mes idées, ne pas penser à Pierre. Et mentir : *Là, par exemple, quand tu as appelé, j'étais avec Nathalie, on se remémorait les bons souvenirs...* Il m'interrompt brutalement, comme s'il savait mon mensonge : *Et sinon Pierre, il est là ?* Je bafouille, j'ai dix ans, ma mère vient d'ouvrir la porte des toilettes où je tentais de fumer une de ses cigarettes Menthol, comme les grandes au collège s'enferment aux w-c pour le faire, il y a de la fumée partout, je dis sans conviction : *Pierre ? Oh oui, il me semble que je l'ai aperçu.* Mais Pascal me coupe, le volume de sa voix m'oblige à écarter l'appareil de mon oreille : *Pas Pierre, je m'en tape de Pierre ! Biais ! Il est là, Biais ?*

Biais ? Quel intérêt ?

J'ai raccroché, Pierre me tend une nouvelle margarita. Je me sens mal, je n'aime pas le ton de Pascal, je ferais mieux de partir tout de suite. Pierre pose sa main sur mon bras, *Non reste encore, il n'est pas minuit.* La soirée est comme ces années qui nous séparent : elle a passé à une vitesse / lenteur vertigineuse. Le timbre de voix de Pierre, rond / grave / lent, est comme un aimant puissant. Quand je trempe mes lèvres dans le verre frais, je croise son regard : d'accord, je reste un peu, puisque Leah doit s'être endormie maintenant. Ses mains ne tremblent pas, il ne bredouille pas, le silence, même celui-ci qui s'éternise, ne le gêne pas. Lui aussi pourtant va bien finir par me demander ce que je suis devenue. Et encore une fois je devrai me résoudre à l'aveu : rien, devenue rien du tout, ou il y a si longtemps maintenant que ça ne compte plus. J'étais quelque chose avant, avocate. Il y a un siècle. Pascal m'appelait *maître*, les clients m'appelaient *maître*, ma mère m'appelait *maîtresse*, mon père goguenard m'appelait *ni Dieu ni* et ça nous faisait rire. Tous les dossiers de divorces du cabinet me revenaient. *La société moderne*, prophétisait Pascal, *va redéfinir les liens familiaux, crois-moi, tu refuseras des dossiers.* J'étais la seule avocate du cabinet, les autres filles en étaient les secrétaires. On ne s'embarrassait pas de mon avis sauf sur des questions aussi cornéliennes que stores ou rideaux, photo ou tableau pour la salle d'attente ? Ils n'étaient pas misogynes bien sûr, puisqu'ils étaient de gauche.

Un léger ennui a peu à peu tout recouvert comme du lierre, je suis devenue une avocate mécanique, enchaînant les divorces comme un dentiste les caries. C'était la vraie justice, disait pourtant Pascal, celle du quotidien. Assez rapidement, comme il l'avait prédit, j'ai refusé des dossiers. Les femmes se passaient mon numéro comme plus tard elles se donneraient les coordonnées du chirurgien esthétique / cancérologue. Où ai-je laissé ma jeunesse et ses idéaux, dans quelle ruelle les ai-je abandonnés ? Certes le combat féministe passe aussi par l'obtention de bonnes prestations compensatoires mais je m'étais imaginée arrachant les opprimés du joug répressif et je me retrouvais à tendre des mouchoirs en papier à des femmes trompées.

CHANSONS QU'ON PEUT UTILISER POUR UN DIVORCE

— Et maintenant que vais-je faire de tout ce temps que sera ma vie ? (se reconstruire grâce à la pension de monsieur)

— Ne la laisse pas tomber, elle est si fragile, être une femme libérée tu sais c'est pas si facile (il faut payer la pension, monsieur)

— On a vu souvent rejaillir le feu d'un ancien volcan qu'on croyait trop vieux (mais en attendant il faut payer la pension, monsieur)

— On va être en retard, voilà le chef de gare qui nous fait signe pour le départ (il est temps d'arrêter cette audience et de tourner la page, monsieur : la pension).

Pierre ne dit pas un mot, il me fixe d'un regard un peu étrange, décalé. Ce que je suis devenue, il n'a pas besoin que je le lui dise, il le voit bien. Je ne soutiendrai ni ce regard ni ce silence. Tant pis si la question est banale :

— Et toi ? Toujours photographe ?

— Non, j'ai arrêté.

— Comment ça tu as arrêté ?

— J'ai perdu un œil. Le droit ne marche pas. Je veux dire : mon œil droit ne voit plus rien.

— …

— Je l'ai perdu à Falloujah, lorsque…, lorsque j'ai été pris et tout le bazar. Je ne sais pas si tu es au courant. J'ai été blessé pendant l'attaque de la ville. Quelque chose m'est tombé sur la tête juste avant mon enlèvement.

Il dit ça avec un sourire doux comme s'il parlait d'un simple incident. Sa voix est juste un peu rauque.

— À mon retour, c'était trop tard. On aurait pu me soigner dans les heures qui ont suivi le choc, pas quatre mois après. Mais, comment dire ? Je n'aime pas parler de tout cela. Mon œil droit était le plus costaud des deux, j'ai l'impression d'avoir perdu non pas la vue, puisque je vois encore, mais mon œil de photographe. Tu sais, avant, je voyais les photos avant de les prendre. Et bien c'est terminé. Je n'ai même plus d'appareil. Je les ai tous vendus.

Mon œil ne sert à rien, il est comme une jambe sans pied. Un peu comme un jumeau sans frère.

— Mais Pierre, c'est ce que tu es pourtant, photographe.

— C'est la vie.

— Qu'est ce que tu fais alors ?

— Je classe mes images. Je les numérise, je les indexe. J'écris pour toutes un court texte qui me permettra de les revoir en esprit même si je deviens entièrement aveugle. C'est une autre façon d'être photographe.

Il m'explique qu'il a des dizaines de milliers de clichés, peut-être des centaines de milliers, tout son travail depuis qu'il a commencé la photo.

— L'indexation, surtout, est fastidieuse.

— Qu'est-ce que c'est, l'indexation ?

— C'est le choix des mots clés, des *hashtags*, tu sais le petit carré qui se trouve en haut à gauche du clavier de l'ordinateur, que tu associes à une image pour qu'on puisse la retrouver facilement. Par exemple, si tu veux rassembler des photos d'arbres, tu tapes #arbre dans l'index et toutes les images qui ont été indexées avec #arbre apparaissent. Pareil avec #guerre ou #mer ou #chien ou tout ce que tu veux.

— Quel est l'index qui revient le plus souvent ? Guerre ?

— Non, c'est #bras.

— Bras ? Bras comme bras ?

— Oui, #bras.

— C'est drôle, pourquoi bras ?

— Je ne sais pas. Un jour j'aimerais faire un livre de photos de #bras.

Je pourrais l'écouter des heures. Pour lui, certains index sont évidents, qui concernent le lieu, l'époque, le genre et le sujet premier de l'image : Rwanda, génocide, paysage, football. Mais d'autres sont tout aussi importants. Il dit que c'est presque toujours un détail qui attrape le regard. Je me souviens que lorsque nous étions étudiants et qu'il débutait dans la photographie, il se concentrait déjà sur des détails. Il avait réalisé tout un travail de gros plans dans ce que nous appelions l'usine de Jipé, qui était en réalité celle où travaillait son père. Je le lui rappelle.

— Tu t'étais moquée de moi, tu me traitais de *compulsif*, c'était la première fois que j'entendais ce mot.

Ses images étonnaient la fille habituée aux grands rassemblements syndicaux que j'étais. Aucune vue de groupe, pas de plan large. Des corps des ouvriers, on ne voyait que des morceaux, doigts sur la chaîne, gros plans de leurs têtes baissées, rompues par la fatigue à l'heure de la débauche, alignement des casques au vestiaire à la pause du midi.

— J'ai fait des gros plans de mains d'ouvriers prises à différents endroits du monde, abîmées, gonflées, tordues par l'arthrose. L'autre jour, j'ai classé cette série. De toutes mes images ce sont celles qui ont le plus vieilli. Les #bras des travailleurs sont démodés. Ils ont été remplacés par les #bras des caissières ou ceux des employés sur leurs ordinateurs. Tu vois : on pourrait écrire l'histoire du XXe siècle en partant des #bras. On y mettrait les tatouages des déportés et les poings levés des militants pour les droits civils américains, on y mettrait les #bras des prisonniers de l'empire soviétique et ceux des torturés des guerres de décolonisation. Il y a dans la position des #bras quelque chose qui peut dire beaucoup. Tout à l'heure par exemple, je t'ai reconnue tout de suite à ta manière de tenir ton #bras plié au-dessus de ta tête, comme si tu te massais le cou. J'aurais mis #bras si j'avais fait une photo pour l'indexer.

Il s'arrête sur cette phrase et se tourne vers moi avec cet air d'attendre quelque chose sans le mendier. *C'est à cause de mon doux*, dis-je si bas qu'il n'entend pas. Sans le vouloir, je fais le geste, à la recherche du morceau de peau derrière, juste à la racine des cheveux. Si mon père était là, il dirait *Jeanne, ta nuque !*

— Pardon ?

— Non, rien. Tu n'as qu'une photo de moi.

— Prise en vitesse avant que tu t'enfuies en courant comme une voleuse. Comment l'indexer celle-là ? #Portrait, #Seine, #pull rouge, #amour ?

Son sourire de sucre mouillé. Ma main tremble. Ma lèvre tremble. Mon cœur, aussi, tremblant dans ma gorge.

— Nous étions si jeunes, nous étions des enfants.

— Tu n'es pas vieille. L'ovale de ton visage, il n'a pas bougé.

Je souris et cherche comment dévier la conversation vers quelque chose de plus général lorsque le sol de la terrasse résonne du bruit des talons de Nathalie. Elle se rue sur nous et nous attrape par l'épaule : *Wooh les two lovers ! Alors, on se retrouve ?* Sourire bêtement, laisser faire. Pierre se dégage doucement et lui demande où en est FDM. Nathalie, à sa façon toute personnelle de chuchoter, dit *Putain que c'est long ! J'en peux plus. Faut que je fume.* Je propose à mon amie de lui allumer sa cigarette, comme autrefois. Il y a près de vingt ans, depuis Solal, que je n'en ai pas glissé entre mes lèvres. Je tire encore une bouffée. *Ouah Jeanne tu me la rends, tu vas pas me la piquer quand même ! Pas comme Biais. Vous vous souvenez du titre qu'on lui avait décerné : le plus grand tapeur de clopes du XXe siècle ?* À cette époque, les classements nous amusaient. Nous faisions des fausses cérémonies des Césars chaque année, avec leurs nominés et leurs lauréats. J'avais reçu le titre de la Plus petite copine, à cause de ma taille. Nathalie qui repart pour ne pas rater la fin du sketch avait été élue Plus grande gueule de tous les temps.

Pierre, acceptant l'intrusion inopinée de Biais dans notre conversation, me demande si nous sommes toujours amis avec lui. Biais est la dernière personne dont j'ai envie de parler. Depuis qu'ils se sont fâchés, il empoisonne suffisamment mes conversations avec Pascal. La rupture a eu lieu il y a longtemps, bien avant que Biais ne devienne le traître le plus connu de France. C'était peu de temps après son embauche au ministère du Budget, raconté-je à Pierre. Dès son diplôme obtenu, la carrière de Biais avait connu une fulgurante accélération. Il commença au ministère du Temps libre. Nous trouvions cela très chic, le Temps libre, pied de nez au sérieux des adultes que nous n'étions pas encore. Mais le ministère fut aussi éphémère que l'euphorie de mai et Biais vite recasé à celui du Budget, moins pittoresque mais plus conforme à l'envergure qu'il entendait donner à sa vie. C'est alors qu'il s'éloigna de nous. Nous pensions être des amis, nous n'étions que des camarades d'études dont il n'avait plus besoin. Il nous manifesta cet opportunisme décomplexé avec le plus vexant des mépris le jour où Pascal lui demanda s'il pouvait nous faire entrer à la Garden Party de l'Élysée. Pascal rêvait d'approcher le président et s'il pouvait également permettre à son père de rencontrer Michel Rocard, son idole, le bonheur serait total…

Biais fit répondre par une secrétaire que l'événement était réservé à un public trié sur le volet, et nous comprîmes ainsi que nous n'en étions pas.

Des années plus tard, sa trahison politique fut presque un soulagement : il étendait sa qualité de renégat aux yeux de tous. Son passage à l'ennemi avait une autre conséquence : il barrait d'un indépassable obstacle la pente idéologique que, je le sentais, Pascal aurait volontiers prise lui-même, mû par ce qu'il appelle sa *lucidité*. Mais il lui était impossible, sans ravaler son orgueil, de suivre la trace du *traître* qu'il avait agoni de tant d'injures depuis son spectaculaire retournement de veste entre les deux tours, lorsqu'il quitta sa candidate au milieu du gué pour aller prendre du grade chez le vainqueur annoncé.

Penser à cette vieille histoire, mille fois ressassée, agite ma mémoire comme une solution chimique en attente du précipité final. Voilà la nostalgie qui revient, elle a le parfum de ces vacances en Dordogne, une odeur de grillade et d'anisette. Pierre et Jipé n'étaient pas là, ils travaillaient à l'usine pour gagner un peu d'argent. Biais, après avoir fréquenté une bonne moitié des filles de notre année, avait des vues sur Nathalie mais elle se projetait plutôt dans le lit du frère de Bensa, un grand blond aux cheveux longs qui finissait ses études en Californie. Ces multiples possibilités emplissaient nos journées. Chaque soirée justifiait à elle seule ces vacances. L'apéritif durait toute la nuit. Nous bavardions des heures, suçotant nos doigts gras des olives picorées et des côtelettes rognées à la main. FDM avait conservé de son adolescence scoute une quantité d'activités de veillée. Nathalie adorait Action / Vérité, choisissant toujours Action en espérant qu'on lui demanderait d'embrasser le frère de Bensa (ce que nous prenions bien soin de ne pas faire). Après les jeux, Biais entonnait toujours un des innombrables chants dont il connaissait les paroles. Notre groupe, si j'y réfléchis, s'était lié peu à peu autour de la voix de ténor de celui qui en était alors le leader incontesté. Nous pouvions chanter pendant des heures, hymnes révolutionnaires, chansons paillardes ou répertoire français classique. *Le Chant des partisans* était le clou du spectacle ; Biais se dressait devant le feu et sa silhouette se découpait dans la nuit. Il avait une manie : il devançait systématiquement le rythme d'une fraction de temps, accélérant la cadence non par choix musical mais pour que sa voix, qu'il portait plus fort que tous les autres, soit en avant quoi qu'il arrive. Je me demande ce que chante Biais avec ses nouveaux amis, je suis sûre qu'il cherche toujours à les doubler d'un demi-vers. Quand la fraîcheur gagnait nous partions un à un nous coucher. Pascal et Loïc finissaient seuls aux premières heures du jour à débattre de l'union de la gauche ou des mérites de l'économie administrée. Ils étaient les plus sérieux d'entre nous qui servions de décor insouciant à leurs préoccupations. Nous faisions l'amour au réveil, lentement, Pascal et moi.

Cet été-là, j'ai décidé qu'il était l'homme de ma vie et que Pierre en serait le regret, soyons raisonnables Pierre, pas tes yeux de velours. Bon choix, qui en douterait après cinq enfants et bientôt vingt-quatre Serments de juin ? Nous formons lui et moi une entité particulière. Comme si le contrat s'était substitué à nous, nous transcendant définitivement. Aujourd'hui comme hier, cet indiscutable me rassure comme un cocon dont on connaîtrait tous les recoins. Bien sûr la routine, bien sûr la fatigue, bien sûr la, le mot horrible, maturité. Et ces journées à supporter la tension qui le rend impatient / cassant. Le meilleur, le pire. Qui peut se vanter d'y échapper ?

Sa colère n'y change rien. Les banlieues, l'islam, la crise : elle s'alimente du mauvais bois de l'actualité. Il est encore de gauche mais *vraiment* de gauche, clame-t-il lors de dîners où personne ne le lui demande. Parfois il suffit d'une information pour qu'il entre en fureur. À l'entendre, nous serions responsables, moi et *toute la clique de bien-pensants*, de la délinquance des mineurs, des fraudes aux aides sociales, de la violence des jeux vidéo et des strings des jeunes filles ; responsables, avec nos *bouches en cœur*, des femmes voilées, du bourbier afghan, du malheur d'Israël et même du 11-Septembre ; coupables d'avoir fait de la générosité un assistanat, de la tolérance une indifférenciation, de l'empathie une complaisance, de l'égalitarisme l'abandon de notre suprématie ; coupables encore d'avoir soumis le monde à notre sollicitude faussement bienveillante faisant de chaque homme sur qui nous portons notre regard condescendant un redevable, et de nous, *pauvres curetons laïcs*, les bienfaiteurs adorés d'une humanité que nous voulons vagissante de reconnaissance. Nous traversons, dit-il, une *crise de civilisation*, une *véritable guerre*, entre *eux, EUX*, et nous, et nous en serons les comptables devant l'histoire, nous et nos *bons sentiments*.

Presque la haine dans ses yeux. Pascal a peut-être raison : l'enfer est pavé de nos bonnes intentions naïves. Mais sinon quoi ?

Quand il n'y a plus de bons sentiments, ne restent que les mauvais.

CE QUI ÉTAIT DE GAUCHE AVANT

— Avantager les plus défavorisés (sans le leur dire pour ne pas les embarrasser)

— Considérer que dénommer (les « Arabes », « Noirs », « Juifs ») équivaut à stigmatiser

— Penser que les pauvres sont gentils

— Aimer les impôts, le multiculturalisme, toutes les chansons de Barbara sauf *L'Aigle noir*

— Être contre l'héritage, trouver étrange l'idée même de la profession de notaire

— Croire que l'angélisme est une branche du catholicisme et le misérabilisme un courant littéraire

— Aller au camping, faire du stop, prendre des bains de minuit, jouer de la guitare

— Détester les États-Unis, aimer la Russie et Cuba

— Manger du saucisson.

Pascal n'est pas méchant, juste fatigué. Il faut le comprendre. On gagne toujours à tenter de se mettre à la place de l'autre, vieux patrimoine que mes parents m'ont transmis comme d'autres lèguent des appartements à leurs héritiers. Toute leur vie a tourné autour de ce principe, *de vieux babas cool en tongs*, comme ironise Pascal. Chez eux, on ne mange pas, on partage un moment de discussion, on ne voyage pas, on découvre d'autres cultures, on ne consomme pas, on fait vivre des paysans ou des artisans. On ne juge pas, on comprend. Aujourd'hui, la plupart de leurs voisins sont des électeurs d'extrême droite, et ils ne les jugent pas. Typiquement le genre de choses qui font ricaner / vitupérer Pascal. Mais justement, contre le ricanement aussi, les deux règles de mon père s'appliquent. Premièrement : *Si une personne se comporte mal, c'est qu'on lui a fait du mal.* Ce n'est pas sa faute si Pascal est parfois cassant mais parce qu'il souffre. Deuxième règle : *Mieux vaut s'accuser soi-même que d'accabler un coupable.* Du malaise de Pascal, je dois probablement être responsable.

Culture de l'excuse + culpabilité = fardeau de la femme blanche. Ce soir, je pèse une tonne et Pierre voudrait que nous soyons flocon silencieux. Ce serait facile mais ce serait trahir le Serment de juin, tous les Serments de juin. Je vais reparler du métier, c'est bien, suffisamment général pour ne pas nous entraîner sur un terrain glissant. Une tonne qui glisse : ça pourrait provoquer une catastrophe.

— Comment tu t'es retrouvé à faire ça, photographier des morts ?

— Pour témoigner, garder une trace.

Parfois on ne retrouve que des os, me dit Pierre. L'identification des victimes, avant les expertises ADN, n'est possible que grâce aux habits, chaussures, lunettes, bijoux. Une femme reconnaîtra son mari grâce au sigle qui ornait le T-shirt qu'il avait enfilé le dernier matin de sa vie. Elle gardera la photo, l'ultime image de son mari, la glissera même dans l'album familial, apaisée par la bienveillance du dernier regard porté sur lui. Moi aussi, je reconnaîtrais Pierre à sa façon de porter la chemise, manches enroulées sur les avant-bras.

— Alors, poursuit-il, j'ai fait ça : photographier des centaines de chemises vides, étalées au sol comme chez un marchand de foire, des centaines de pantalons trop larges ne couvrant plus que des os.

— As-tu eu peur ? Enfin, je veux dire, c'est une question stupide, pardon, mais tout de même : tous ces morts, toutes ces guerres, avais-tu peur quand tu les voyais ?

— Pas sur le moment. Mais maintenant j'ai peur, oui, d'une peur un peu métallique. Certains soirs, à toi je peux le dire, l'angoisse prend si fort que la seule chose à faire est de mettre des baskets et de sortir courir pour vérifier que je respire encore, courir pour semer les fantômes qui me poursuivent. Mais il arrive que sous la douche, après l'effort, la peur revienne. Elle accroche mes épaules par derrière. Je me retourne et elle est là, gueule ouverte, rire muet.

— De quoi as-tu peur ?

— Tu veux savoir ? demande-t-il en me fixant intensément. J'ai peur de mourir seul en ayant raté l'essentiel, toi.

Je sais qu'il ne ment pas.

— Ne dis pas de bêtises, Pierre. Tout ça est de l'histoire ancienne. Tu n'as rien raté, je peux te dire.

En disant *Je sais tout ce que j'ai raté au contraire*, il prend une drôle de voix, presque essoufflée. Il fait un pas vers moi, sa main est tendue vers mon visage. Elle est de taille parfaite, comme si elle avait été conçue pour s'adapter à ma joue. Je me souviens de tout, rien n'a changé, l'électricité est la même, la chaleur dans le ventre, la même, le parfum de ses doigts, le même. C'est donc ça, la méprise, le mauvais aiguillage. Au premier tour, pourtant, on rassemble son camp, au second tour on élargit, la règle de base de toute élection. Pierre était mon camp.

On ne refait pas un vote.

Ou alors juste une fois. Rien qu'une toute petite fois, Chicago n'en saura rien. Même pas un baiser, juste un frôlement et je rentre. Voilà, juste coller ma peau à la douceur de mes vingt ans et de la main que Pierre tend vers ma joue. Elle n'est qu'à quelques centimètres. Je n'ai qu'à faire un pas et j'y serai. Il suffit de lever le pied, de l'avancer et. Et mon téléphone, vibrant dans ma poche. Pascal. Ça ne lui arrive jamais de m'appeler deux fois en peu de temps. Pourquoi j'ai peur ? Parce qu'il me surprend sans le savoir avec Pierre ? Non. Alors que son visage apparaît sur l'écran de mon téléphone, j'imagine que c'est Bret Madison qui m'appelle pour m'annoncer le pire. Je vois Pascal mort déjà. *Maman part quand elle veut, tu sais.* Mon effroi est un monstre liquide. Il envahit tout et emporte Pierre avec lui. Représailles contre mon égarement, et si c'était l'infarctus prédit par le médecin ? Plusieurs sonneries, je finis par décrocher. Pascal n'est pas mort. Il veut juste savoir si Biais est arrivé. Je sens qu'il regrette d'être à Chicago. Je suis tellement soulagée, je le rassure : *Non mon chéri, Biais n'est pas là, ne t'inquiète pas, il n'y a que des gens*

Troisième partie

Compter les voix

Compter les voix

(1 + 2)

Ni Pierre ni Jeanne ne savent ce qu'il va se passer. Sont-ils des amis ou déjà des amants, cet homme et cette femme entre qui le silence s'est réinstallé, gonflé des espérances de Pierre et des interdits de Jeanne ? De loin, on dirait qu'ils se tiennent la main. Il n'en est rien. Peut-être à cause des innombrables margaritas qu'elle a bues sans manger, ou peut-être à cause de la peur de ce qu'elle pourrait réaliser ou manquer, Jeanne se sent prise de vertiges. Elle tangue et pourtant elle suit Pierre ; ils croisent des souriants et des insinuants, ils ne se laissent pas perturber. Pour lui, la traversée est moins longue qu'à l'aller, il connaît le chemin. Pour la première fois de sa vie, il sait même exactement où il va, tout lui paraît simple et évident. Son handicap, qui rend d'ordinaire tout déplacement hasardeux, semble avoir disparu. Il marche comme à vingt ans. Au fond de la chambre de Jipé et Max, où se terre le chien du couple, il ouvre la salle de bains et y fait entrer Jeanne.

Jeanne n'aime pas l'idée d'être enfermée mais elle ne voudrait se trouver à aucun autre endroit que dans cette pièce où se lavent les corps. Étrange lieu, rendu étanche par cette porte de coffre-fort, et offrant, grâce à cette incroyable glace sans tain, une vue totale sur la terrasse. Pierre et Jeanne sont cachés mais ils voient, comme sur un écran, de l'autre côté de la vitre s'agiter leurs amis. FDM a entamé une farandole, s'accrochent à sa taille toutes sortes de quinquagénaires hilares. *Ils ont l'air heureux*, pense Jeanne, et cette idée est partageable. Elle se retourne vers Pierre et la répète d'une voix un peu brisée. Lui aussi l'est, heureux, pour des raisons qui n'ont rien à voir avec l'espoir politique : il est enfin seul avec la femme qu'il espère depuis près de trente ans. Il l'approche, elle a un imperceptible mouvement de recul.

Jeanne se sent comme une jeune vierge, à la fois craintive et tentée, qui ne sait si elle souhaite des contretemps, jusqu'à les provoquer, si elle se résigne par avance à les regretter ou si elle mettra toutes ses forces pour les contrarier. Elle jette un œil dans le périscope. *Si je le pointe vers l'ouest, est-ce que je vois Chicago, est-ce que Chicago peut me voir ; et vers le sud, est-ce que je vois ma fille endormie ?* Sur la terrasse, les amis, voix étouffées par l'épaisseur de ce qu'ils pensent être un miroir, continuent de chanter la victoire prochaine. Jipé lève les deux bras en signe de V et entreprend de méthodiques embrassades ; il passe de l'un à l'autre de ses invités, portant sa joie de joue en joue. Jeanne et Pierre sont au milieu de tous et pourtant seuls, la salle de bains est une île dont ils sont les rescapés.

— Tu es sûr qu'ils ne nous voient pas ? demande-t-elle pour gagner du temps.

— On n'a qu'à leur faire des grimaces, on verra bien, dit Pierre.

— Non, écoute c'est idiot, sortons d'ici. Rejoignons-les.

— Pourquoi ? On ne fait rien de mal.

— Mais nous allons être… Nous allons être mal à l'aise. Je ne saurai pas trop quoi dire et tu seras gêné.

— Pourquoi le serais-je ?

Jeanne porte sa main vers son doux. Le coude levé, elle ne sait pas à quel point elle émeut Pierre par ce simple geste. Mentalement, elle ferme la porte de la chambre de Leah. Elle veut croire que les fillettes finissent toujours par s'endormir sans leur mère. Elle a envie de fumer encore.

— Tu te souviens du jeu Action / Vérité ?

— Nathalie voulait tout le temps y jouer en fin de soirée.

— Jouons.

— Pourquoi ?

— Pour ne pas être gênés.

— Je ne suis pas gêné.

— Si, nous le sommes.

— Comme tu veux. Action ou Vérité ?

— Action.

— Alors assieds-toi à côté de moi, tranquillement. Tu t'agites sans arrêt depuis que nous sommes entrés ici.

— Bon, je m'assois, je suis tranquille, promis. À toi : Action ou Vérité ?

— Vérité.

— As-tu été amoureux ? Tu n'as pas passé trente ans comme un moine. Tiens, par exemple : combien de photos as-tu prises qui répondent à l'index #Amour ?

Elle rosit de son audace, un peu. Il sourit.

— Je ne fais pas ce genre de photo, moi.

— Je ne te crois pas.

— Une seule photo en vérité. Pour la lumière.

[Paola, Paris, 1996]

Elle est allongée sur le ventre, nue. Son #bras pend légèrement hors du lit, il semble qu'elle est endormie. Son corps est jeune et ferme. Ses fesses surtout, parfaitement au centre de l'image, ses fesses, magnifiques pommes, qu'un rayon de lumière

vient miraculeusement souligner. On voit les grains de poussière gigoter dans la bande blonde de la lumière. Sa peau est dorée, on devine à sa moue qu'elle n'a pas beaucoup vécu encore. Elle me fait penser à cette femme qui n'était pas encore tout à fait une femme et que j'ai aimée autrefois, j'imagine qu'elle s'endort ainsi après l'amour, elle m'émeut.
#bras, #lumière, #amour, #femme, #Jeanne.

Il dit le dernier mot si bas qu'il n'est pas certain qu'elle l'entende, sa petite Jeanne, assise là, sur le rebord de la baignoire. Derrière elle les autres trinquent désormais. Pierre, superstition, pense qu'une victoire fêtée trop tôt est menacée. Laisser le temps au temps. Il ne va pas brusquer Jeanne, il ne va pas lui dire trop vite qu'elle est la définition même de l'amour. Être amoureux : se souvenir de la fois où elle mit sa main à son cou, le soir du 10 mai 1981, de leur unique baiser et de leurs conversations et de leurs rires et de ce qu'il était bien avec elle même si elle ne voulait pas de lui.

— Tu trouves ça étrange ?

— Quoi ?

— D'aimer longtemps ?

— Je ne sais pas. Je ne crois pas trop à ces trucs tu sais, l'amour, tout ça.

Elle ment, bien sûr, pauvre tentative de différer le moment. Le mélange d'alcool et de champagne fait battre ses tempes. Et tout autour d'elle tourne, indescriptible mélasse. Elle avait pourtant tout fait pour oublier Pierre. Elle l'avait enfoui bien profond, lui et sa belle bouche, sous toutes les couches de son existence, bien après les enfants, bien en-deçà de Pascal, des histoires du cabinet et même des questions matérielles. Chaque année plus éloigné par le nouveau Serment de juin. Six pieds sous terre, son pouce sur sa bouche en pole position de la liste *Meilleurs souvenirs des 80's.* Recouvert de ces trente ans de sédiments, Pierre est pourtant là, intact, pas même une poussière sur ses épaules. Il a éteint la lumière du plafond et la pièce n'est maintenant éclairée que par l'extérieur. Adossé aux lavabos, il examine ses mains avant de les porter à sa bouche pour, de ses petites dents, ronger ses ongles et la peau autour, la manger. Pascal déteste ça, au point d'exiger qu'on applique sur les doigts d'Hannah un vernis amer. On ne se ronge pas les ongles, on ne petit-déjeune pas après 9 heures, on ne fume pas, on n'allume pas la télévision avant 20 heures (sauf les jours d'élection), on s'assoit correctement, on ne se laisse pas dominer par ses émotions, on ne s'engage pas à la légère, la vie est simple. L'inverse de celle de Pierre dont la seule routine provient de cette fausse liberté que procure la solitude. Hormis les visites à son jumeau et le classement de ses photos, aucune règle ne contraint son quotidien. Une semaine dans les Cévennes n'est jamais écrite à l'avance. Pierre part quand il veut, tu sais, pourrait chantonner Jeanne – tremblerait-elle alors ? Il est rare pourtant qu'il quitte la maison dont il est le dernier gardien. Aux vieilles du village qui lui demandent encore s'il a trouvé une femme, il répond qu'il se trouve bien tout seul mais sa solitude est comme un animal sauvage que l'on aurait domestiqué : capable à tout moment de se retourner contre son maître et de mortellement le blesser. Quand les peurs le prennent, et elles finissent toujours par le prendre, il n'a qu'à se recroqueviller et attendre que quelqu'un vienne. Une mère, un frère, une Jeanne.

Jeanne, si proche ce soir. Il la regarde qui touche encore son doux. *Ta nuque !* dirait son père, et elle retirerait immédiatement sa main, obéissante enfant, *gamine facile*, comme dit sa mère. Une petite de cinq mois à peine qu'ils peuvent confier à n'importe quel stagiaire et, plus tard, une fillette aux longues jambes qu'ils laissent des semaines entières chez ses grands-parents sans donner de nouvelles. Ses souvenirs d'enfance sont maigres. Son père sur scène, en short bleu très court, sa mère traînant un énorme panier. Elle la coiffe pendant des heures, passe la brosse, tresse ses cheveux avec des fleurs, en lui racontant elle ne sait plus quoi à part cette phrase qui revient toujours, comme un slogan / avertissement, *Nous sommes libres, ne l'oublie pas. Maman part quand elle veut.* Elle parle de la liberté des femmes, dont elle voudrait transmettre le sens à sa fille, mais Jeanne n'entend rien d'autre qu'une menace d'abandon. Elle grandit dans son ombre effrayante, pétrifiée que du jour au lendemain son univers puisse se défaire comme ces liens de coton avec lesquels elle attache ses cheveux et qui cassent, d'un coup sec entre ses doigts. Alors une grimace, une imitation, Jeanne fait rire sa mère pour qu'elle reste encore un peu.

Si l'on envoyait des plongeurs sonder le fond de Jeanne, ils découvriraient un petit lac souterrain relié à tout un réseau complexe de canalisations secrètes où murmurent à bas bruit les voix du doute. Elle les a entendues pour la première fois il y a très longtemps. Elle se souvient de la sensation étrange qui avait fait gargouiller son cœur comme s'il avait voulu l'alerter qu'elles remontaient en bulles à la surface. Le couple souhaitait obtenir un prêt bancaire pour l'achat du premier appartement. *Nous devons nous vieillir*, lui avait dit Pascal en lui suggérant de porter un collier de perles qu'il avait emprunté à sa mère pour l'occasion. En sortant de la banque, il était si heureux qu'elle pouvait sentir la joie battre dans son ventre. Il l'embrassait en riant et disait des choses comme : *première pierre, construction, moyen et long terme.* Il était particulièrement content du taux d'intérêt qu'ils avaient obtenu. Si elle y réfléchissait, la joie de Pascal était excessive, alors elle n'y réfléchissait pas. Puisqu'il riait, elle riait, la gamine facile. Elle l'embrassait à son tour, même si au fond de son étang, recouvert par le limon, reposait un caillou indissoluble : locataire ou propriétaire, elle était parfaitement indifférente à son statut immobilier. Elle n'en dit rien, se satisfaisant du bonheur de son homme et de se savoir à jamais protégée. Pascal ne part pas quand il veut, Pascal veut ne jamais partir. S'accrochant à leur Serment de juin comme le croyant à la prière, elle s'est convaincue peu à peu que le reste, l'amour, était réservé aux adolescents. Ce soir, elle a dix-sept ans et Pierre est le plus beau des garçons.

— Nous n'avons plus l'âge, dit-elle pourtant.

— Je ne peux pas croire que tu sois résignée.

— Pas résignée, lucide.

— As-tu des rêves encore ?

Pierre veut parler d'idéaux. Il se souvient qu'elle vivait les injustices comme un affront personnel et rêvait, oui rêvait vraiment de changer le monde. Jeanne comprend sa question de travers, à moins qu'elle ne soit réellement asséchée d'utopies. La main dans le cou, elle se met à raconter ce songe qu'elle fait parfois, toujours le même. Sa voix est un peu éraillée. Pierre ne l'arrête pas.

— Nous sommes ensemble, vêtus de blanc et pieds nus dans une monumentale maison. Les pièces sont gigantesques et les fenêtres immenses. Il y en a tant que la lumière est vive, nous sommes aveuglés.

Aveuglés, pense Pierre.

— Nous courons dans l'escalier. Immanquablement nous arrivons à un palier où se trouvent cinq portes. Une seule est munie d'une poignée, celle-ci brille comme si elle était en or et sertie de diamants. Les autres sont de simples battants en bois un peu abîmé. Je dois en ouvrir une.

— Et ?

— À chaque fois j'ouvre celle de droite, celle qui a la poignée. Lorsque je me retourne, tu as disparu.

ENDROITS OÙ JE CROIS AVOIR VU PIERRE

— Sur les Champs-Élysées le soir de la victoire de la France en Coupe du monde de foot

— Au supermarché, mille fois, au rayon vin / nourriture pour animaux ou à la caisse

— Dans le métro, stations : Ledru-Rollin le 15 octobre 1989, Rambuteau le 16 février 1990, Bastille le 14 janvier 1992, Strasbourg-Saint-Denis le 13 août 1994, Goncourt le 6 novembre 2000, Arts-et-Métiers le 19 novembre 2000, Bourse le 24 mars 2002, Mairie-de-Montreuil le 17 novembre 2007, Saint-Sulpice le 24 juin 2009, Pont-Marie le 26 février 2011

— À Tozeur en Tunisie, j'étais perchée sur un ridicule dromadaire, lui, 4 × 4 gris arrivant au bout de la piste

— Perché sur un lampadaire avec son appareil photo lors d'une manifestation en mémoire d'Ilan Halimi place de la République

— Au meeting du Zénith de Lionel Jospin en 1995

— Au café à Beaubourg à l'été 2003, il faisait si chaud, j'étais écarlate et luisante de sueur

— À la queue du péage de la sortie Avignon nord de l'autoroute A7, le 1er août 1999, ce motard qui m'a longuement regardée alors que nous attendions pour payer. J'avais les pieds posés sur le tableau de bord.

De loin, on dirait qu'ils sont assis autour de leur histoire comme auprès d'un feu. Pierre souffle sur les braises pour qu'elles s'embrasent à nouveau, Jeanne semble vouloir l'éteindre en écrasant les flammèches. Si l'on regarde mieux, on voit pourtant que ses sandales, battant un tempo maladroit, hésitent : vont-elles étouffer le feu ou le ranimer en tapant autour du foyer, créant ainsi un appel d'air qui alimentera la faible flamme ? Pierre aimerait s'approcher d'elle tout doucement comme parfois il le faisait quand il prenait une crise à Rudy, parler lentement et longtemps, oui il serait même capable de bavardage pour qu'elle ne s'effraye pas. Il aimerait aussi beaucoup, c'est vrai, porter enfin ses lèvres à son cou. Il sait pourtant qu'il est trop tôt pour s'avancer, Jeanne n'est pas prête. Elle passe maintenant son index dans le creux de son menton, à cet endroit, sous la lèvre, où la peau morte s'accumule. Et sur les ailes de son nez aussi, et derrière les oreilles. Plus elle frotte, plus la peau se délite. À chaque passage, elle récolte plus de filaments beiges. Travail sans fin, comme s'il lui fallait gratter une pellicule de boue qui aurait séché sur elle depuis des années, elle doit se détacher. Elle pourrait en faire des petits boudins de joie, de tout le temps passé, des petites crottes de riens du tout qu'elle jetterait en tas jusqu'au plafond. Leur couleur pâle, presque phosphorescente, leur donnerait l'air d'être les étoiles mortes de ses années manquées.

Ce ne sont pas des boulettes de peau que Pierre jetterait sur ces décennies s'il le pouvait, mais des cailloux, comme ceux qu'il jetait autrefois sur les limaces du jardin. Elles savent bien, les garces, qu'elles ont trahi toutes leurs promesses. Progrès pour tous, mon œil, tout a été abandonné en rase campagne. Il les a traversés en chien errant, elles et leurs charniers, elles et leurs camisoles chimiques pour frère fou. Il a parfois l'impression d'une seule et longue cérémonie d'obsèques de laquelle il aurait été l'unique spectateur. Il leur offre une dernière occasion de se rattraper avant de leur intenter un procès. Et le traditionnel laïus de la défense sur l'enfance malheureuse, pense Pierre, ne pourra rien pour elles. Même avec la plus attendrissante des avocates, même si Jeanne plaide leur cause, elles ne s'en sortiront pas : elles devaient être leurs trente glorieuses, elles n'auront été que leurs trente honteuses. Il ne veut pas laisser passer la dernière chance. Il n'y a pas cinq portes comme dans le rêve de Jeanne. Il y en a deux. Et une seule question :

— Penses-tu t'être trompée ?

Si elle dit oui, elle pousse la porte sans poignée. Si elle répond non, elle reste avec sa poignée d'or dans la main. Elle bredouille *Je ne crois pas.* Mais si faiblement que Pierre peut entendre l'inverse. Le fidèle prie-t-il parce qu'il croit ou au contraire croit-il parce qu'il prie ? Qui, du Serment ou de l'amour, est premier dans le lien qui l'unit à Pascal ? Il lui arrive, lorsqu'elle peine à trouver le sommeil, de se sentir comme une bonne sœur en crise de foi. La nonne s'accroche à sa Bible et Jeanne à son homme. Cette indestructible certitude qu'il sera toujours là pour elle, maman ne part pas quand elle veut, Jeanne jamais ne sera seule, la fait vibrer, bien plus que les baisers de Pascal. Il y a si longtemps qu'il ne l'a pas embrassée, ni même touchée. Voilà un regret : elle aurait dû établir une liste des plus belles fois pour se les remémorer aujourd'hui. Pas une mèche de cheveux relevée, pas un cil enlevé de sa joue, pas une main sur l'épaule. Pierre sans la toucher l'entoure de tant de tendresse.

— Moi, je me suis trompé, dit Pierre sans la regarder, et sa voix est grave. J'ai cru que je pourrais être heureux seul. La solitude est du temps que l'on perd.

Jeanne ne dit pas un mot cette fois. Elle ne sait rien de la solitude, qu'elle a fuie toute sa vie, emplissant son espace d'enfants et son agenda d'obligations. Elle ne sait rien du temps qu'a perdu Pierre. Elle devrait partir, maintenant, fuir à grandes enjambées ce gouffre qui s'ouvre. Il est encore temps avant le grand basculement. Il faut des années pour accepter de détruire un édifice, fût-il insalubre. C'est ce qu'elle s'est dit tout à l'heure en garant sa voiture sur le parking de la cité où vivent Jipé et Max. Lorsque la destruction est enfin actée, plus rien ne l'arrête. Une explosion suffit, les bâtiments s'écroulent en une minute, la poussière grise noie les habitants.

— À quoi tu penses ? demande Pierre.

— À des bêtises, à l'urbanisme.

Il y a une vérité dans ces secondes nues où un homme et une femme se font face. Ils n'ont plus besoin de conventions. Et Pierre veut parler. Il y a si longtemps. Il va parler de Rudy. C'est toujours à son jumeau qu'il pense quand sa vie s'accélère.

— Lorsque je suis assis à l'ordinateur, je vois l'arrière de la maison. J'ai repeint les murs de ma chambre noire et j'ai dégagé la fenêtre. Au fond de la cour se trouvent toujours les bidons rouillés où ma famille récupère l'eau de pluie depuis que la pluie existe. J'aime penser que ma mère les voyait quand cette pièce était sa chambre. Par la fenêtre, je vois aussi le punching-ball que mon grand-père avait fabriqué pour que mon frère apprenne à se défendre. Il avait toujours peur d'être attaqué. Notre mère ne l'a jamais vu.

— Je me souviens que vous aviez un chien. C'est drôle mais je pense souvent à votre chien.

Jeanne en disant cela accepte le détour par les Cévennes. Elle l'écoute parler de cet étrange trio qu'ils constituaient avec la chienne. Rudy, Franny et lui : cette image a longtemps été celle du bonheur avant que la maladie de son frère n'engloutisse tout. Drôle de manière pour qui veut séduire une femme mais il s'en fiche, Pierre raconte ce dont il ne parle jamais avec personne. Il lui offre ce qui lui est le plus cher, tant pis si c'est aussi le plus douloureux. Rudy, dit-il, a commencé par des violences contre lui-même. Il pouvait se frapper la tête contre les murs ou taper sur son punching-ball sans protéger ses mains jusqu'à ce qu'elles saignent. Dans ces moments-là il était d'une force inouïe que plusieurs personnes peinaient à maîtriser. Pierre pouvait lire la peur dans le regard de son grand-père quand il prenait une crise à Rudy, pourtant, pendant des années, il a fait comme si tout allait bien. C'est l'année de sa maîtrise que tout a basculé. Rudy, malgré ses qualités, avait eu une scolarité déplorable. Après avoir passé deux fois le bac, il avait fini par s'inscrire en philosophie. Il n'était pas question pour lui de rejoindre son frère à Paris, il y voyait une trahison à sa classe d'origine.

Jeanne s'imprègne sans rien dire de tous les détails de l'histoire, comme si, demain, elle aurait à dresser la liste des anecdotes concernant Rudy. Captivée, elle fait mine de ne pas voir le message de la baby-sitter qui lui annonce que Leah vient de se coucher, qu'elle espère qu'elle dormira vite maintenant. Elle se surprend à penser *C'est son problème, pas le mien*, mais elle doit se tromper, jamais une bonne mère ne penserait cela… Rudy était censé rendre un mémoire sur *Langage et politique chez Wittgenstein*, le professeur qui l'encadrait en attendait beaucoup. Au moment de la rédaction, il s'est enfermé dans sa chambre pendant plusieurs jours. Son grand-père déposait un panier avec de quoi manger devant sa porte. Rudy ne prenait rien. Papé au téléphone ne racontait pas tout à Pierre, juste qu'il entendait par la porte close les cliquetis de la machine à écrire. *Au moins*, disait-il en forçant la bonne humeur, *je peux te dire que le mémoire avance.* Quand Pierre est venu plusieurs semaines plus tard, il a découvert l'étendue des dégâts.

— En arrivant, j'ai frappé à sa porte. *Rudy, c'est moi, Pierre, ouvre-moi frérot, je suis là.* Il a juste répondu *Dégage, je ne suis pas ton père !* Je suis resté là, espérant qu'il finirait par sortir pour aller aux toilettes. Il n'est pas sorti. J'entendais sa machine et son rire, bizarre, de temps à autre.

— Qu'avez-vous fait ?

— Un soir, papé s'est assis à la table de la cuisine. *Ça ne peut pas durer, il faut qu'il mange, il faut qu'il sorte !* J'ai sorti l'échelle et j'ai grimpé jusqu'à sa fenêtre. Là, j'ai vu Rudy comme j'aimerais ne l'avoir jamais vu. Hirsute, nu, allongé par terre, au milieu de détritus, des feuilles de papier froissé jonchaient le sol souillé de sa chambre. J'ai frappé au carreau. Ça l'a surpris, il est venu ouvrir pour m'insulter. J'en ai profité pour entrer et déloquer la porte. Rudy était fou furieux. Éructant comme une bête, il passait de l'injure aux larmes. L'odeur de la pièce était atroce. Il a voulu étrangler notre grand-père et menaçait de se jeter par la fenêtre. Des années après ses premiers symptômes, bien trop tard, nous avons fini par appeler les secours. Il a fallu quatre pompiers pour le maîtriser. Pendant qu'ils le calmaient j'ai ramassé ses feuilles : elles étaient toutes blanches. Le ruban de sa machine à écrire avait été arraché. Rudy tapait dans le vide depuis des semaines. Nous l'avons habillé. Avant qu'ils l'emmènent, j'ai tenté de mettre de l'ordre dans ses cheveux.

L'image d'un frère qui coiffe son frère, comme autrefois sa mère le faisait avec elle, bouleverse

Jeanne. Il lui semble qu'elle les connaît depuis toujours.

— Il a été interné quelques semaines puis est ressorti. Au début, ça n'allait pas trop mal, il prenait ses médicaments, mais peu à peu, il a laissé tomber. Mon grand-père était seul avec lui. Je ne revenais que de temps en temps. Quatre ans après la première crise, il y a eu l'incendie de la maison.

— L'incendie ?

— En pleine nuit. Le haut a brûlé entièrement. Quand les pompiers sont arrivés, ils ont trouvé Rudy prostré dans la cour et le corps de Papé dans sa chambre. Il n'avait pas eu le temps de descendre.

Jeanne est immobile, ses bras enserrent ses genoux. Elle voudrait consoler Pierre mais les chagrins trop vieux ne se consolent pas.

— Je ne savais pas tout ça, dit-elle dans un souffle, le regard planté dans le carrelage.

— Il y a eu une enquête, elle n'a rien conclu de précis.

— Tu penses que c'est lui ?

— L'incendie a pris dans la nuit qui a suivi le deuxième tour des législatives de 1993. J'ai toujours pensé que Rudy avait été mortifié par la défaite de la gauche.

Une branlée historique, répétait Pascal ce soir-là en prenant sa tête dans ses mains, Jeanne s'en souvient.

— Après cela, je me suis retrouvé seul. Rudy n'est plus sorti de l'hôpital.

Pierre ne cherche pas à être plaint. Il est heureux au contraire, heureux de pouvoir partager avec elle ces vieilles histoires qui le constituent plus qu'un diplôme d'une grande école, une orientation politique ou un enlèvement médiatisé. Ses paroles sont un flot puisque la seule oreille qui compte est là. Il n'y a qu'à Jeanne qu'il ait jamais parlé. À coup sûr, il choisirait Vérité si elle lui proposait encore de jouer, mais la gêne entre eux s'est évanouie. Ils ne jouent plus. Jeanne l'interroge encore, elle veut tout savoir de Rudy, puisque de Pierre, il est la racine.

— A-t-il eu des petites copines ? demande-t-elle.

Était-ce sa blondeur un peu grise, ses traits d'enfant pâle ou cette étrangeté que personne n'avait encore dénommée, Rudy avait un charisme. Il arrivait dans un groupe et le groupe le prenait comme chef, il pénétrait dans une pièce et les meubles semblaient s'agencer autour de lui, il enfilait un vêtement, n'importe lequel, et il irradiait d'élégance, il entrait dans un café et toutes le regardaient.

— Mais je ne sais rien sur sa vie amoureuse. Je n'ai rencontré qu'une seule de ses amies.

Pierre se lance, et Jeanne l'écoute sans un signe d'impatience, dans le récit de ce jour lointain, il y a peut-être vingt ans de cela. Il était rentré de reportage plus tôt que prévu et un voisin lui avait proposé de le raccompagner en voiture. Il y avait cet après-midi-là un incroyable ciel d'orage. Les nuages semblaient toucher la route, le vert des arbres se détachait sur le gris, une lumière à réussir toutes les photos. À mesure de l'ascension, Pierre et son chauffeur occasionnel sentaient le déluge approcher et la conversation, d'amical voisinage, se raréfiait comme l'oxygène dans la voiture. La région est coutumière des orages violents, Jeanne en avait été le témoin lors de ses vacances dans le Gard : il n'est pas rare qu'en quelques minutes l'eau furieuse dévale des montagnes, engorge les ruisseaux et déborde brutalement, inondant maisons, champs et routes. Pierre fut déposé par le voisin au moment où tombaient les premières gouttes, grosses comme des claques. Lorsqu'il entra chez eux, ses cheveux étaient trempés et ses chaussures sales de la boue déjà formée. Dans la petite pièce qui sert de vestibule, il se déshabilla entièrement, même son slip était mouillé. La cuisine était vide. En pénétrant dans le salon, il les vit : son frère et cette jeune femme, elle assise au bord du fauteuil, lui agenouillé à ses pieds, la tête enfouie dans sa jupe. Elle sursauta lorsque Pierre apparut. Avec le fracas de l'orage, ils ne l'avaient pas entendu arriver. Pierre sut immédiatement, aux soubresauts du dos de son frère, que Rudy pleurait. Il chialait même comme un gamin. Pierre savait sans le voir son nez rouge et ses sourcils froncés, ses yeux gris devenus noirs. Son amie semblait effrayée, elle espérait sans doute un sauveteur pour l'extirper des larmes de Rudy et elle voyait arriver un autre Rudy, nu comme un ver et cheveux dégoulinants. Ils en auraient ri s'il n'y avait eu ce désespoir gémissant accroché à ses jambes. Rudy redoubla de sanglots lorsque Pierre le prit comme on arrache un enfant à sa mère et le fit monter jusqu'à leur chambre – ce qu'ils continuaient à appeler leur chambre même s'ils n'y dormaient plus ensemble depuis longtemps. Il y restait le grand lit, dans lequel un frère coucha son frère, caressant ses cheveux jusqu'à ce qu'il s'endorme. Encore ses cheveux, doucement ses cheveux. Cette image émeut Jeanne qui se souvient de la brosse que sa mère passe dans ses boucles avant de les tresser, elle tire un peu les nœuds, gratte trop fort le cuir chevelu mais sa voix l'enrobe. Elle demande, comme sa fille Leah quand on lui raconte une histoire : *Après ?* Elle a oublié qu'elle ferait mieux de partir.

À son sac traînant dans la chambre, Pierre comprit que l'amie de Rudy avait passé un peu de temps chez eux. Quand il redescendit, elle se tenait debout devant la porte-fenêtre du salon. La pluie tombait encore en lames, elle préférait attendre avant de reprendre la route. Ils firent un café. Elle était stupéfaite d'apprendre que Rudy avait un jumeau, il ne lui en avait pas parlé. Ils se connaissaient pourtant depuis plusieurs mois, ils s'étaient rencontrés à la piscine où elle allait deux soirs par semaine après son travail de kinésithérapeute. D'après elle, la crise de Rudy était survenue alors qu'elle lui demandait de lui montrer l'album photo de la famille.

Étrangement, dit Pierre, bien qu'ils partageaient un moment d'intimité et de familiarité rares, cela ne les rapprocha pas. Très vite ils n'eurent plus rien à se dire, chacun restant avec ce qu'il savait de Rudy. Au bout d'un moment, elle regarda le ciel au loin depuis la terrasse, la pluie avait cessé, elle pouvait y aller. Pierre remonta auprès de son frère qu'il trouva les yeux ouverts, le regard cloué au plafond, insensible à la pression de ses mains sur les siennes, sourd à sa voix, *Elle va partir, veux-tu lui dire au revoir ?* Pierre connaissait ce visage de marbre. Il appela le médecin. Pendant qu'il lui téléphonait, il regarda par la fenêtre. La petite voiture glissait dans l'allée. Elle s'appelait Myriam.

— Qu'a-t-il de spécial, votre album de famille ? demande Jeanne.

— Nous n'en avons pas.

Pourquoi une famille décimée en aurait-elle ? Ils possèdent des boîtes en métal pleines de pellicules et de photos aux bords dentelés qui datent de toutes les époques. Des souvenirs de baignades, les garçons en culottes de laine, les filles en bikini à pois, des photos de randonnées dans la montagne, leurs bâtons de marche et leurs casquettes, des photos de bébés, sans qu'on sache toujours qui est qui, des matches de foot, une photo de l'élection du grand-père, il pose derrière un bureau avec son écharpe de maire. Personne avant Pierre n'a eu l'idée de les classer, encore moins d'en faire de jolis recueils. C'est un travail de femme et des femmes, depuis le départ de leur tante Hélène pour l'Afrique, il n'y en a plus dans la famille.

— Dans une boîte à part, il y a les photos de mariage de mes grands-parents et de mes parents. Il y a aussi quelques images de Rudy et moi, même coupe de cheveux, mêmes vêtements. Quand viendra leur tour, je les scannerai et les indexerai elles aussi.

— Et tu leur mettras des #bras ?

Là. Dans cette intonation. Le charme de Jeanne, inchangé, miraculeusement préservé. Il achève sa remontée du fond des âges, enterré depuis si longtemps qu'elle-même avait oublié le détenir, ce minuscule décalage qui rend le monde acceptable à Pierre.

— Oui, je leur mettrai des #bras. Bien sûr, plein de #bras.

Ils sont assis par terre comme des gamins dans une cour de récréation, adossés à la baignoire, le carrelage rafraîchit les jambes de Jeanne sur lesquelles elle est la seule à distinguer les petits points rouges dus à un rasage trop récent. Elle plie ses jambes pour qu'il ne les remarque pas et caresse, petite vérification instinctive, son doux, cet endroit où Pierre rêve de passer ses lèvres.

— Et toi, parle-moi de ta famille, tes enfants.

C'est idiot, Pierre s'est senti obligé. Une espèce de politesse. J'ai Rudy, elle a ses enfants, pense-t-il. Mais la question embarrasse Jeanne : ce soir elle n'a pas envie de parler d'eux, à peine d'y penser. Elle veut croire à cette illusion qui s'évanouira une fois l'alcool évaporé, *Nous sommes libres Jeannou.* Elle égrène pourtant les prénoms de ses petits, gamine facile qui jamais ne désobéit.

— J'en ai cinq, trois garçons, deux filles. Solal, Alfred, Hannah, Jacob et Leah, ma petite insomniaque.

— J'ai du mal à t'imaginer en mère de famille nombreuse. Comment cela est-il arrivé ?

Elle pense *Papa a mis sa graine dans le ventre de maman* mais ne répond rien. L'évocation d'une autre intimité emplit la pièce, comme si sa famille attendait sagement derrière la porte qu'elle ait terminé. Soudain elle ne pense qu'à ça, Pascal à Chicago, Leah luttant contre le sommeil, l'incongruité scandaleuse de sa présence dans cette salle de bains. Elle poursuit la conversation mais n'est plus vraiment là déjà. Elle en prépare la fin.

— Et toi, tu n'en as jamais voulu ? Des enfants ?

— Je ne crois pas qu'un orphelin puisse devenir père.

— Mais vous avez quand même été élevés ? Je veux dire, on ne vous a pas mis en orphelinat.

Pierre en convient, en un sens, ils ont même été gâtés. Lui qui n'est pas pressé, lui qui n'a pas une Leah qui l'attend, lui qui n'a pas parlé depuis un siècle veut tout raconter. Il s'attarde sur leur enfance. Leur grand-père et Hélène, la sœur cadette de leur mère, ont fait ce qu'ils ont pu, assurant le quotidien et les moments symboliques. Leur tante leur faisait toujours des cadeaux. Pour fêter leur passage en 6e, elle avait apporté la petite Franny qui n'était encore qu'un chiot. Avant leur entrée au lycée, elle était venue passer quelques jours à la maison et un soir, alors qu'ils bavardaient sur la terrasse, elle était allée chercher des paquets. À Rudy elle offrit une machine à écrire. À Pierre, un appareil photo.

— À partir de là, notre vie était simple : Rudy écrivait, je développais mes photos et papé râlait que nous ne l'aidions pas assez. J'imaginais que la vie serait toujours comme ça, nous deux ensemble, Franny paisiblement allongée entre nous. Je ne voyais pas ce qui pourrait faire obstacle à ce destin. Je n'avais pas prévu qu'il deviendrait dingue et moi à moitié aveugle.

— Mon pauvre Pierre, je voudrais que tout cela ne te soit pas arrivé, dit Jeanne d'une voix étrange, presque sourde.

— Pas de misérabilisme, madame, dit Pierre en soulevant frénétiquement son épaule droite. Assez d'assistanat !

C'est comme s'il avait rallumé brutalement la lumière. Il a raison, l'amour ne saurait être la pitié et l'attendrissement et les bons sentiments sont des miroirs que les narcisses se tendent. Jeanne se redresse, elle tire sur sa robe. Bientôt 1 heure du matin.

— Ça y est, en parlant de ça : on est demain. Tu vas voter cette fois j'espère.

— Oui. Je prends le premier train, j'ai promis à Rudy de venir le chercher avant midi.

Rudy se moque de Noël et des anniversaires mais les jours d'élection sont des jours de fête, explique Pierre. Les deux frères ont un rituel : Pierre passe le prendre à l'hôpital vers 11 heures, ils roulent dans la campagne, musique à fond et fenêtres ouvertes jusqu'au bureau de vote.

— Après on va au restaurant puis nous nous promenons en voiture, parfois nous montons jusqu'à la maison. Je le raccompagne à l'hôpital vers 17 heures.

— Il comprend ? Je veux dire, les enjeux, il les comprend ?

— Qui les comprend vraiment ? Qui peut prétendre mieux que mon frère les comprendre ?

Rudy, poursuit Pierre, a toujours été passionné par la politique. La maladie n'a pas changé cela.

Avec les médicaments, lire la presse lui prend des heures mais il s'astreint à l'exercice, comme d'autres s'accrochent à des jeux de mémorisation ou de musculation. Il est imbattable sur les histoires de courants et les bagarres d'appareil. En 2002 il avait prédit, par l'observation des infirmiers, des médecins et des familles des malades, que l'extrême droite ferait un score important. Personne ne l'avait pris au sérieux. Les gens sensés se moquent de la politique.

— Depuis des mois, la campagne est son principal centre d'intérêt. Il récupère des tracts sur le marché où ils vont une fois par semaine et les redistribue à l'hôpital. Il a même organisé des primaires internes pour le parti socialiste dans sa chambre.

— C'est dingue.

— On peut dire ça, oui.

Leur soirée va se terminer sur ces mots, même Pierre le sent maintenant. Leah est le prétexte. Il est trop tard pour qu'une petite fille ne dorme pas, Jeanne doit rentrer. Il est l'heure. On ne revient pas sur le passé. Elle a choisi Pascal hier, elle le choisit ce soir et pour toujours. Elle ne profite pas lâchement de son absence pour s'abandonner au spectre de sa jeunesse. Elle ne fait pas croire à Pierre qu'un autre amour est possible. Ce qui n'est pas ne sera pas. La raison triomphe de l'illusion. Fermez la parenthèse, allez à la ligne, reprenez le Serment là où vous l'aviez arrêté, ne tremblez pas en le récitant vous qui le connaissez par cœur. La courbe que son bras arqué trace est un peu triste. Sa voix, presque éteinte. Elle ne veut pas lui faire de mal.

— Il est tard, je suis fatiguée et ma fille m'attend, je dois y aller.

Elle a mis sa main sur l'épaule de Pierre. Il serait plus juste de dire qu'elle s'y est accrochée. C'est un geste d'adieu. Ses cheveux de cendre, un maquis corse après l'incendie, derrière son cou son doux à lui, ses épaules maigres et hautes et là, la peau de Pierre sous ses doigts. Il y a longtemps qu'elle n'a pas touché non plus. *La durée de vie d'un baiser*, se dit-elle : *trente ans, une fraction de seconde et une demi-phalange*. La main de Jeanne sur sa peau est la jumelle de celle qu'elle avait pressée dans son cou le 10 mai 1981, même simplicité, même douceur, Pierre en sent chaque millimètre carré. Il l'imagine avec lui dans sa maison trop grande pour un jumeau sans frère. Il la voit tenir la rampe de l'escalier, ouvrir les volets de la chambre, briser du petit bois pour le feu. Il la voit aussi se glisser timidement dans une autre main, éternellement moite désormais, c'est celle de Rudy, et la serrer dans un geste qui est de reconnaissance bien plus que de politesse.

Très doucement, comme s'il déposait un pansement sur la plaie d'un grand brûlé, Pierre pose à son tour sa main sur la joue de Jeanne. C'est à peine s'ils respirent. Conscients de la fragilité de l'instant, ils sont comme deux idiots, penchés sur l'au revoir qu'elle doit dire.

Reste un peu, même voix, même bouche.

Peut-être est-ce une dernière fois. Il la voit comme personne ne l'a jamais regardée, si intensément qu'on dirait que son œil droit fonctionne. Sa solitude ne lui a jamais paru aussi insupportable. Qu'elle parte et la mort reprendra sa place dans son bras gauche. Il a besoin d'elle, jamais il n'aurait pensé pouvoir formuler cela, besoin de Jeanne qui porte ses mains à son visage, son cou, Jeanne qui se sent envahie. Des forces étrangères ont pris possession de ses territoires, sont-elles d'occupation ou de libération ? Elle leur résiste, gamine facile, fille raisonnable, femme courageuse. Elle ne peut pas tout remettre en cause pour un verre de trop et un sourire cévenol. Dans un mois, elle redira le Serment. Rien ne peut la détourner de son destin. L'histoire, jamais, ne repasse les plats.

C'est décidé, elle va piétiner la flamme.

— Pierre ?

— Oui.

— Il y a un gros Noir qui nous regarde !

Quatrième partie

Élire nos rois

Élire nos rois

(1 + 2)

Ils ont laissé s'écouler quelques secondes hébétées avant de comprendre. Le *gros Noir* se tenait sur la terrasse et tentait en vain de voir ce qui se passait de l'autre côté du miroir dont il avait compris qu'il était sans tain. De carrure impressionnante, il écrasait son visage contre la vitre et portait ses mains autour de ses yeux. Cela lui faisait d'étranges jumelles roses sur sa tête ébène. Son irruption dans le rectangle clair eut l'effet d'une douche froide. Leurs adieux interrompus. La couleur de sa peau rajoutait, ils devaient bien l'avouer, un peu d'inquiétude à la surprise. Ils se mirent à rire nerveusement quand on tambourina à la porte : *Ouvrez ! Inspection générale des lieux ! Ouvrez c'est un ordre !* L'injonction les fit sortir sur la pointe des pieds, Jeanne d'abord, Pierre ensuite, penauds et fiers comme des adolescents pris en flagrant délit.

Un des premiers regards qu'ils croisèrent fut celui de Nathalie. Elle avait les bras croisés et sa bouche dessinait un pli qui, accompagné d'un imperceptible hochement de tête, valait approbation pour l'ensemble de leur œuvre. Jipé et Max, eux, les remarquèrent à peine tant ils étaient préoccupés par la situation. Des hommes en costume sombre avaient pris possession de leur appartement et s'attelaient à le fouiller de fond en comble. La consternation et une vague crainte avaient saisi les invités luisant désormais sous les lumières du plafond que l'on avait fait rallumer afin que l'inspection soit la plus rapide possible. Sous la blancheur halogène, leurs yeux éblouis, la magie s'envola d'un coup et les années retombaient sur leurs propriétaires, des cendres grises. Dans l'instant, Jipé fit ses cinquante ans, tout éclat éteint, joues tombées. Max, lui, avait l'air d'un vieux gamin trop bronzé qui aurait transformé son enthousiasme en bêtise : ils devinaient aux pas qu'il faisait en toutes directions sans se mouvoir vraiment qu'il n'avait pas anticipé le bouleversement que la surprise finale provoquerait dans la soirée. À ceux qui se renseignaient, hésitant entre scandale et panique, il se contentait de répondre, en apnée : *C'est Biais, et en plus il est en retard.*

À peine Pierre et Jeanne eurent-ils quitté la salle de bains qu'une brigade de sécurité s'y jeta pour en inspecter chaque recoin. Quand ils lui demandèrent ce qu'il se passait, un homme, qui semblait bien être le grand Noir qui les avait surpris de l'autre côté du miroir, répondit d'une voix étonnamment fluette : *Le ministre va arriver, c'est la procédure, monsieur.* Puis, avec un clin d'œil et un léger mouvement de l'épaule en direction de Jeanne : *Pardon du dérangement mais au plus vite ce sera fait, au plus vite vous pourrez reprendre le cours de vos activités.* Parler de retour au réel serait excessif tant la situation était surréaliste. Ils n'avaient qu'à s'en amuser, ce que Jeanne fit, laissant échapper un rire que Pierre eut immédiatement envie de boire à longues gorgées. Ce que la salle de bains avait recelé ce soir-là était bien plus subversif que tous les attentats qu'ils pouvaient envisager / espérer mais les gardes assermentés étaient à mille lieux de l'imaginer, aussi peu romantiques que leur patron dont ils savaient depuis toujours qu'il comptait pour s'endormir ses conquêtes féminines comme d'autres dénombrent les moutons.

Ils se rapprochèrent de François de Mermont. Il était assis dans le canapé jaune du salon, coudes sur les genoux, joues dans les mains, aussi interdit que s'il venait d'apprendre que sa mère avait vécu une passion charnelle avec Jean Poperen. Lui qui depuis des années, et à la suite de son père, faisait profession de ses talents d'oracle politique, lui qui pouvait prédire les résultats des batailles les plus serrées, au canton près, n'aurait pas mis un centime sur la participation de Biais à cette soirée. Que celui-ci ait pu prendre le risque d'affronter ses anciens camarades, témoins de ses engagements de jeunesse et de ses plus abyssaux renoncements, et précisément à la veille d'une élection qui devait selon les calculs des plus diplômés de ses analystes le renvoyer vigoureusement dans l'opposition, dépassait l'entendement de Mermont qui n'avait guère changé depuis ses années d'études : il était cartésien et relativement dépourvu d'imagination. FDM, et ce n'est pas lui faire injure que de remarquer cela, n'avait jamais été capable de penser deux choses en même temps. L'idée que l'on pouvait appartenir successivement et avec la même conviction à deux bords opposés ne pouvait prendre forme dans son cerveau. *La sociologie ne ment pas*, tranchait-il lorsqu'il était acculé par les positions contradictoires de ses contemporains. Elle était pourtant de faible secours pour comprendre le parcours de celui avec qui il partagea un nombre incalculable d'heures à deviser des comportements électoraux, l'autre passion de Biais après lui-même. Chose étonnante, il ne voyait pas non plus que son cas personnel était aussi une exception : fils, petit-fils, arrière-petit-fils d'aristocrates catholiques de droite, François était le seul de sa famille à avoir toujours revendiqué un cœur et des valeurs à gauche. Sans doute pour ne pas s'égarer à tout jamais dans les affres de sa propre âme, FDM écartait toute explication psychologique du comportement humain, ne voulant pas savoir que celui-ci peut être, et parfois pour son plus grand bonheur, à la fois logique et tordu. L'annonce de l'arrivée de Biais en était une belle illustration.

L'événement était de taille. Il justifiait que Jeanne et Pierre restent encore, quitte à sacrifier un peu plus du sommeil de Leah. Ils prirent place sur le canapé jaune aux côtés de FDM. Il y avait dans l'air une attente qui ressemblait à celles qui précèdent les spectacles. Eux pensaient à tout autre chose : avaient-ils rêvé l'heure qu'ils venaient de passer dans la salle de bains ? D'où, sinon, pouvait provenir cette joie qui les tenait maintenant ? Jeanne dit, dans son petit rire qu'elle venait de retrouver et que rien ne pouvait plus tarir, *C'est une blague.* Ce fut comme si elle tendait un masque à oxygène à FDM. Une blague ! Bien sûr, comment avait-il pu se laisser avoir ? Un canular, ah, ah, et de première catégorie, canular royal oui, meilleure animation d'anniversaire de tous les temps ! Hilare et délesté du poids de l'incompréhension, certain d'avoir trouvé son maître en cette matière subtile qu'est la prise en charge de l'ambiance festive, FDM se demandait qui avait pu avoir cette idée diabolique et géniale, faire croire à la venue du Judas des années 2000, *ah, ah vraiment excellent !* lorsque, encadré par deux molosses noirs et une jeune blonde à petite jupe et très hauts talons, Loïc Biais, sourire parallélépipédique et menton napoléonien, fit son entrée dans l'appartement.

Le silence qui s'installa est indescriptible, pareil à ceux qui recouvrent les premières heures après un tremblement de terre, songea Pierre. Il y avait autant de stupéfaction que d'inquiétude dans ces secondes immobiles, chacun se demandant de quel côté, pugilat immédiat ou grand pardon, allait basculer l'anniversaire. L'atmosphère se chargea d'une tension, les convives pétrifiés s'observaient, accrochés à leurs verres en plastique. Les animaux, dit-on, sentent les cataclysmes avant qu'ils n'arrivent. Une tempête allait s'abattre, chacun se préparait à la prendre sur la tête. Leurs bouches ouvertes, leurs airs idiots, leurs gestes suspendus. Dans ce silence épais se tassaient les minuscules et majuscules de l'histoire de la gauche depuis les années 1980, ses batailles et ses défaites, ses grands hommes et ses misérables sbires, ses reniements et ses éternels. De leur désenchantement ou de leurs espoirs, nous ne savons ce que la dissection de ce silence aurait révélé de plus saillant. Après son autopsie au scalpel, sur la paillasse on aurait vu s'agiter dans une ultime convulsion les souvenirs de chacun d'entre eux, uniques et insaisissables comme le sont les souvenirs, odeurs de pluie, de sucre, de sueur. Leur accumulation forme une mémoire collective, brutalement exhumée du tréfonds de leurs inconscients recroquevillés par l'irruption triomphale de Biais le fossoyeur.

Son sourire blanc renvoyait les uns aux heures glorieuses des premiers jours du Mitterrandisme, époque miraculeuse où l'on pouvait être majoritaire, lorsque le petit peuple de gauche se projetait dans un homme entrant seul au Panthéon, donnant à leurs luttes passées une majesté aussi fabriquée qu'émouvante. Mais pour la plupart d'entre eux, l'arrogance des maxillaires et la coupe onéreuse du costume de Biais incarnaient la déliquescence d'une aventure qui commença dans la jeunesse de leurs Bastille et se termina à une date indéterminée par l'abandon en rase campagne de leurs valeurs, les laissant pour toujours vieux, orphelins et honteux. Il aurait fallu pouvoir accéder à l'intimité des soliloques intérieurs, ouvrir les crânes pour y découvrir les pensées soulevées comme un nuage de poussière crasse par Biais et sa cavalerie.

Je me souviens, songeait Nathalie, *je me souviens de deux femmes et trois enfants devant une dépouille à Jarnac, et du vent qui faisait s'envoler le drapeau posé sur le cercueil.*

Je me souviens, pensait Pierre, *de Rudy pleurant comme un enfant le jour où Jospin annonça son retrait de la vie politique. Et d'avoir dit dans le téléphone ce soir-là, je suis là frérot, je suis là, tout va bien.*

Je me souviens, pensait Jipé, *Bérégovoy était comme nous, un fraiseur. Je me souviens de l'abolition de la peine de mort, j'oublie ce qui me blesse, et des coquillettes que les enfants jetaient à la place du riz pour célébrer notre Pacs.*

Je me souviens, se disait Alexandre le prof de maths, *de la première fois où une collègue a compté, petits bâtons dans un coin de page, le nombre de mères voilées qu'elle recevait.*

Je me souviens, et c'était Jeanne cette fois qui se souvenait, *des forces de l'esprit et que je pensais alors que si elles existaient Pierre me reviendrait un jour.*

C'était comme si Biais tenait dans ses bras un miroir sale. Dans chacune de ces pensées muettes, inventaire désordonné, pataugeait la lie dont il s'était nourri et qu'il avait enrichie, petits ruisseaux de renoncement devenus fleuve de trahisons, sur lequel naviguait, le buste droit, cet homme trop souriant qui se tenait devant eux. L'honnêteté oblige à dire qu'il y avait aussi dans le silence qui salua son arrivée quelque chose que l'on ne pouvait sentir qu'en s'approchant très près : une admiration. *Il est couillu quand même*, fut ainsi la première phrase que Nathalie siffla entre ses dents, pour une fois à voix basse.

Pierre et Jeanne se tenaient assez loin de l'entrée mais du canapé jaune ils étaient parfaitement placés pour assister à la grande scène qui s'y jouait. Biais ouvrit les bras. *Camarade Jipé ! Je n'aurais raté cet anniversaire pour rien au monde*, dit-il en lui donnant une sonore embrassade suivie d'une tape sur la joue. Un étranger n'aurait pas pu dire que tout opposait ces deux hommes, que le cynisme du premier n'avait d'égal que la bonté du second, ni que leur accolade n'était que le préambule du match où s'affrontaient, comme en avant-première du scrutin national du lendemain, deux visions du monde inconciliables. Ils avaient au contraire l'air de deux amis. Jipé, passé la surprise et l'affolement dû à la fouille de son appartement, souriait même. Était-ce l'ivresse ? Il pouvait croire à cette fable : si Loïc était venu c'était bien par amitié et par fidélité, pas par provocation ni pour préparer son retour à sa famille politique d'origine. Pierre et Jeanne admiraient son calme, qui n'était pas le signe de la soumission d'un fils d'ouvrier envers un ministre mais de sa sagesse supérieure. Ils se demandaient quelle aurait été la réaction de Rudy s'il avait été là. Jeanne l'imaginait se mettre à crier mais Pierre savait qu'il se serait mis dans un coin, effrayé par cette comédie.

Il fallait néanmoins une connaissance intime, presque physique, des imperceptibles nuances de cette histoire pour dépasser le premier degré du spectacle que Biais donnait à voir.

La mise en scène de cette amitié fut insupportable à un certain nombre de convives, nouveaux venus dans la vie de Jipé. Choqués qu'un anniversaire puisse se tenir au milieu de policiers en civil, plusieurs d'entre eux quittèrent la soirée. Jeanne aurait pu profiter du mouvement pour partir ; de ce sursis qu'elle leur accorda ils ne dirent rien, trop peur de le révoquer.

Alors que leur traître se dandinait à quelques mètres d'eux, captant toutes les attentions et grignotant l'espace vital de son phénoménal ego, la fête reprit son cours. Quelqu'un éteignit les lumières du plafond, rompant par ce signal le silence qui se brisa en mille conversations interloquées, vacarme de nouveau étourdissant, plus envahissant que la musique que l'on venait de remettre et chargé d'incontrôlables regards en coin vers le ministre et sa juvénile amie. Eux-mêmes se surprenaient à surveiller ce qui se passait là-bas, près du bar improvisé. Biais buvait une coupe de champagne, Jipé avait son sourire accueillant, son sourire de gentilhomme.

À vrai dire, tout semblait normal, excepté la compagne du ministre. Celle-ci, dont ils apprirent plus tard qu'elle répondait au prénom de Ludmilla, se tenait en retrait et d'une étrange manière, plus droite qu'une danseuse. Très jeune, elle était sans doute aussi très belle mais elle avait l'air d'avoir été fabriquée par un concepteur *low cost* qui n'aurait doté son visage que de deux expressions : sourire crispé, pour les situations où l'on veut suggérer bonheur / surprise, regard humide ascendant pour incarner tristesse / préoccupation / émotion. Elle faisait penser à ces poupées tristes que Pierre avait croisées dans tous les hôtels de l'ancien bloc de l'Est, leur jeunesse accoudée au bar attendant l'argent occidental, fût-il ventre gras et crâne chauve. Elle en était dérangeante, presque hideuse. Les neveux de Jipé se poussaient du coude en la désignant, hésitant entre les charmes de ses jambes immenses et la raillerie. Leur mère, Anne-Claude, fusillait le couple du regard. Yabasta n'avait pas changé. Elle demanda à Pierre s'il était au courant.

— De quoi ? cria-t-il pour couvrir la musique.

— Ben de la présence de l'autre, là ! Je pensais que Jipé avait compris. On se l'était déjà tapé à ses quarante ans, vous n'étiez pas là d'ailleurs, il nous avait gonflés toute la soirée à nous raconter les histoires du PS, c'était juste après le 21 avril. On pensait que, maintenant qu'il était passé à droite, on en serait débarrassés.

Ils répondirent la vérité, qu'ils ne savaient pas et une discussion s'engagea entre eux trois sur le culot qu'il faut pour venir à une fête où figurent une bonne part de ceux que vous avez trahis. Anne-Claude avait eu *le cas, un peu différent, notez, d'un bon copain du syndicat parti à la CFDT au moment des lois sur les retraites, tu l'avais connu Pierre, un gars qui était à l'empaquetage, Christian, tu te souviens pas ?* Eh bien : elle n'était *pas prête à lui pardonner.* En province ils étaient, prétendait-elle, *plus directs, tu sais bien ça Pierre.* Qu'on puisse faire comme si de rien n'était avec Biais lui semblait, et elle le disait en détachant les syllabes, *ab-so-lu-ment ex-o-ti-que.*

La sœur de Jipé n'avait pas tort. Non seulement leurs anciens camarades d'école faisaient comme si de rien n'était mais Biais avait désormais autour de lui tous les représentants de leur promotion excepté eux deux. Le petit groupe devisait aimablement. François de Mermont écoutait le ministre avec une extrême attention. En entomologiste, il profitait de cette rencontre inespérée pour engranger des connaissances *in vivo* sur le comportement des hommes politiques. Nathalie riait fort et agitait ses mains dans tous les sens, sans doute lancée en pleine imitation d'un prof ou d'une connaissance d'alors. Michel, ce bon vieux Michel avec sa timidité et son badge *Dégage !*, tournait autour d'eux sans rien dire comme ceux qui attendent à la sortie d'une salle pour faire signer un autographe à une célébrité. Au centre, Biais rayonnait littéralement. Impossible de savoir s'il jubilait d'avoir retrouvé si simplement sa place au milieu des amis de sa jeunesse ou du bon tour qu'il jouait à cette bande de naïfs.

La soirée devenait étrange, irréelle, de ces instants dont on pense qu'ils pourraient ne jamais s'arrêter. Qu'en resterait-il le lendemain ? Une salle de bains, un ministre décomplexé ? Quel événement demeurerait dans le tamis ? Pierre était en train de leur chercher un peu d'eau fraîche lorsque Jeanne fut ramenée sur terre par un nouveau message sur son téléphone. Ce n'était pas Pascal, c'était la baby-sitter. Leah était réveillée et pleurait, inconsolable, de ne pas trouver sa mère. La culpabilité tomba immédiatement sur Jeanne, recouvrant comme un voile ses yeux, ses cheveux, leur embryon d'histoire. Elle était là à mimer ses vingt ans pendant que chez elle, sa fille se sentait abandonnée. Impossible. *Maman part quand elle veut, mais maman ne veut pas.* Jeanne devait rentrer, au plus vite. *Couche-la dans mon lit et dis-lui que j'arrive*, répondit-elle bravant l'interdit énoncé par Pascal pour qui le lit parental ne saurait en aucun cas accueillir un enfant. La liste des choses à faire dès le lendemain matin lui revenait en tête. Elle était allée chercher son sac à main dans la chambre de Jipé lorsqu'une clochette retentit.

C'était l'heure du cadeau, Jeanne devait attendre encore quelques minutes avant de s'échapper. Max se frayait un chemin, portant à bout de bras un énorme gâteau qu'il posa sur un guéridon. Jipé se tenait debout au centre de la pièce, un peu solennel soudain. Il y avait là tous les cercles de sa vie. Sa famille sur la gauche, Max, Anne-Claude, Gérald et leurs enfants, et aussi son cousin Olivier qu'ils n'avaient pas vu encore, toujours ce bon sourire. Anne-Claude avait les yeux brillants et ses mains jointes comme si elle priait pour qu'un autre désastre n'ait pas lieu. À leurs côtés les collègues de Jipé, Mohamed, Claire, Stéphane, Alexandre et les autres. Ils paraissaient maintenant mal à l'aise, comme s'ils assistaient à une scène qu'ils n'auraient pas dû voir. Bras croisés, regards fixes, il y avait dans leur posture quelque chose d'une manifestation silencieuse, les indignés de l'anniversaire. En face d'eux, s'étaient regroupés les amis de longue date. Alignés comme à la parade : FDM, Nathalie, Peursault, Rodolphe Bensa, Michel, et eux deux, affublés d'un Biais montrant dans son inquiétant sourire les dents qu'il avait décidément plus blanches qu'autrefois. Ils étaient entre Nathalie et FDM, serrés l'un contre l'autre, Jeanne, prête à s'échapper, son sac sur le ventre, et leurs deux bras profitant de cette ration supplémentaire inespérée, le velours un peu triste de leurs peaux. Pierre ne put s'empêcher de penser que la prochaine fois qu'autant de gens différents seraient rassemblés pour Jipé, ce serait à l'occasion de son enterrement. Pour l'heure ils chantaient *Joyeux anniversaire* – Biais un peu plus fort que les autres – et c'était comme s'ils entonnaient *Ce n'est qu'un au revoir.* Jipé souffla magistralement les cinquante bougies qui ornaient le gâteau en forme de poing à la rose que Max avait fait confectionner dans une pâtisserie bio du quartier. Max justement s'avança en frottant les paumes de ses mains sur son pantalon. Juste avant qu'il ne parle, Jeanne reçut un autre message de la baby-sitter : *Leah ne pleure plus, elle est très contente dans le lit de ses parents.* Jeanne pouvait écouter Max. Il avait l'air épuisé.

— Mon chéri, dit-il en ne quittant pas Jipé des yeux, mon chéri voilà enfin l'heure de te souhaiter un joyeux anniversaire. Je dois à nos invités quelques explications sur le retard que nous avons pris. C'est que Loïc a bien voulu se charger d'apporter le cadeau que nous t'offrons ce soir. Enfin, je dis Loïc, je devrais dire Ludmilla (la blonde sourit mécaniquement en reconnaissant son prénom, comme on le lui avait appris). Enfin, poursuivit Max, je dis Ludmilla, je devrais plutôt dire que c'est grâce au frère de Ludmilla, Vladimir, que nous pouvons t'offrir ce présent.

Biais à cet instant ne put s'empêcher de lui couper la parole :

— Attention, pas Vladimir Ilitch, hein !

— Non pas Vladimir Ilitch, approuva Max, mais Vladimir tout court qui dirige un élevage de… un élevage de… allez je le dis, un élevage de labradors (Jipé mit les mains à son visage, qu'il avait rouge), et qui a pu choisir pour toi mon chéri le plus beau, le plus fort, le plus prometteur des chiots de sa dernière portée !

Biais l'interrompit encore et s'avança d'un pas, s'arrogeant sans vergogne le statut de maître de cérémonie :

— Cher Jipé, nous avions pensé t'offrir une thalasso en Corée du Nord mais connaissant ton souci de ne pas griller la planète par une consommation excessive de carburant, nous nous sommes rabattus sur un cadeau plus local. Nous sommes heureux de t'offrir, attention mesdames et messieurs, tada… Baltique !

Ludmilla, telle une animatrice de télévision, ouvrit alors un petit panier et en sortit, avec un regard mouillé comme il doit l'être lorsque l'on veut suggérer l'émotion, une boule de poils noirs à la truffe brillante. Jipé, des larmes argentées au bord des yeux, nous remercia, lui qui n'avait jamais espéré posséder à son tour un fidèle Baltique, et se dit certain qu'il ferait *un magnifique petit frère* à son premier chien, Vercors. Le chiot eut l'air apeuré mais dès que Jipé le prit, il se mit à lui lécher les #bras – #bras, ne manquèrent-ils pas de remarquer et Jeanne tourna la tête pour le signifier d'un regard à Pierre. Les convives, exténués par tant de tension, applaudirent enfin, comme si ce petit coup de langue marquait la fin de la séquence Biais. Ils ne savaient pas qu'il signifiait aussi la fin des retrouvailles de Jeanne et Pierre.

Ils faisaient en sorte de ne pas bouger, que puissent encore un peu se toucher leurs #bras. C'était leurs dernières minutes. Pierre qui rejetait de toutes ses forces la séparation annoncée, tenta de la repousser par une discussion anodine. Il parla de l'amour de Mitterrand pour son chien, sans deviner que cela réveillerait chez Jeanne un souvenir impartageable : les seules larmes que Pascal s'était autorisées à la mort de l'ancien président avaient été pour son labrador, tenu en laisse devant l'église où il n'avait pu entrer. Ils étaient plantés là. Leurs regards se perdaient sur Jipé caressant le chiot et riant encore de ce nom qu'ils lui avaient donné, *Baltique*, et Pierre se souvenait de Franny lorsqu'elle était arrivée dans leur vie, de la joie de Rudy d'avoir un être sur qui veiller, et il aurait voulu la raconter à Jeanne mais Jeanne n'avait plus le temps pour écouter ses histoires. Crédit épuisé. Elle cherchait dans son sac ses clés de voiture. Elle aurait aimé que Pierre l'accompagne jusqu'au parking, peur de femme, mais n'osa pas le lui demander. Elle allait être forte, il n'y avait rien d'autre qu'ils puissent être, à jamais les plus forts. Elle se tourna, ils se retrouvèrent face à face. Plus que quelques secondes à partager le même oxygène. Ils allaient se dire au revoir comme des adultes. Il n'allait pas pleurer, il ne pleurait jamais ; elle n'allait pas faillir, elle était infaillible. Le moment de leurs derniers mots était venu, ne restait qu'à savoir qui les prononcerait.

C'est Biais qui parla le premier. Il s'avançait vers eux, sourire de campagne, bras ouverts. Il embrassa Pierre en disant *Mon grand, comment vas-tu ?* et sans attendre de réponse prit Jeanne par les épaules d'un geste dont on ne saurait dire s'il était chaleureux ou écœurant : *Chère Minou, comment vas-tu, toujours aussi jolie ! Tiens, j'ai vu ton Pascal hier au ministère. On a parlé des enfants, c'est un vrai père moderne, hein ? Ah, ah, ah !*

Ah, ah, ah
Hier
Père moderne
Ministère

Ils restèrent sans bouger, Pierre anesthésié, Jeanne, son sac ballant le long de sa cuisse, attendant que chaque mot fasse son chemin jusqu'à donner une signification à ce qu'elle venait d'entendre. Rien ne vint. Ils ne comprenaient pas, ni Jeanne qui sentait le sol tanguer sous ses pieds, ni Pierre qui échafaudait dans sa tête le plan d'un rapatriement d'urgence dans la salle de bains loin de tous ces gens qui étaient bien plus déséquilibrés que le seul fou qu'il connaissait.

Il fallait déserter ce salon, vite, ils se replièrent à la cuisine. Elle ouvrit le robinet et le laissa couler longtemps avant de mettre sa bouche au niveau de l'eau. Pierre voyait ainsi sa nuque, il la trouva jolie. Jipé était assis seul à la table, son Baltique dans ses bras disposés en berceau, geste paternel. Il y avait sur son visage une ombre. *Je ne sais pas comment va tourner cette affaire. J'avais invité Biais en pensant qu'il ne viendrait pas, vous comprenez ? Sa venue est une catastrophe. Mes collègues sont atterrés et je sens que ma sœur va en sortir une.* Il se mit à rire, à gros bouillons, le chiot en était tout secoué. Jeanne n'avait pas respiré depuis plusieurs secondes, la phrase de Biais résonnait entre ses tempes, allant de l'une à l'autre, *Ton Pascal hier au ministère*, se cognant aux os de sa boîte crânienne dans un mouvement qui semblait pouvoir durer perpétuellement. Elle répéta *Sa venue est une catastrophe.*

Les têtes tournaient un peu, trop d'alcool, trop de bras. Jeanne partit en titubant légèrement, presque une danse, un petit repli aux toilettes et Pierre comprit qu'elle lui reviendrait. Il dit à Jipé *J'ai retrouvé Jeanne, tu sais* et c'était une confidence millénaire. Elle n'était pas vraiment malade, juste ivre de tout ça. Une fois la porte fermée, elle détailla la photographie de Mitterrand et de son chien, accrochée au mur.

QUESTIONS SUR CE QU'A DIT BIAIS

— Pourquoi Pascal aurait-il été au ministère de Biais hier, alors qu'il est à Chicago depuis plusieurs jours ?

— Le ministère est-il à Chicago ?

— Biais peut-il confondre ? Ou mentir ? Dans quel intérêt ?

— Pourquoi Pascal irait-il voir celui avec qui il est fâché depuis des années ?

— Ou alors : ils ne sont pas fâchés ?

— Depuis quand lui parle-t-il des enfants ?

— Madison, ce bon vieux Bret Madison que je n'ai jamais rencontré, existe-t-il au moins ?

— Où est Pascal ? Où est-il aujourd'hui ? Où est-il hier ? Où est-il tous les jours de la vie ?

— Mais alors, les Serments ? Combien de fois a-t-il menti ?

— Qu'est-ce qui serait pire : la trahison intime ou la trahison politique ? Qu'il ait une maîtresse ou qu'il n'ait pas rompu avec Biais ?

Il y avait de la surprise mais peu de peine finalement : la muraille Pascal était fissurée depuis longtemps. Biais n'était qu'une pichenette qui déséquilibrait définitivement l'ensemble branlant – ils auraient pu l'embrasser pour cela. La forteresse allait tomber, il y aurait du fracas, peut-être quelques égratignures mais Jeanne ne tomberait pas, elle en avait la certitude. Voilà, elle comprenait tout : la banalité de l'érosion, le Serment trop grand pour eux, le mensonge, la culpabilité et les yeux qu'elle avait fermés. C'était fini. Biais l'avait libérée, ce n'était pas la moindre des ironies. Elle sortait enfin de cette prison qu'elle avait construite avec entrain. En s'asseyant sur les toilettes, elle ouvrit son téléphone. La baby-sitter avait envoyé un message, Leah s'était rendormie, tout allait bien. Jeanne lui répondit : *Couche-toi dans son lit, je rentre plus tard finalement.* Puis, message à Pascal, trois mots : *Biais est venu.* À peine une poignée de secondes plus tard, réponse de Pascal, trois signes : *ET ?* Et ? Eh bien Jeanne ne répondit pas. Elle éteignit le téléphone, le laissant pour la première fois de leur vie sur une incertitude, puisqu'elle n'en avait plus. *Nous sommes libres, tu sais, ma Jeannou.* Et bien moins lourds.

Il y avait sur le rebord de la baignoire un rasoir. Elle l'utilisa pour éclaircir ses aisselles et le reste, *plus douces seront nos peaux glabres s'il nous est donné de nous toucher*, pensait-elle. Dans le miroir, elle croisa son reflet. Ses yeux brillaient et sa bouche était d'un foncé inconnu, ses pommettes hautes, ses joues affranchies. Une à une, elle enleva les épingles qui retenaient son chignon, les pinçant entre ses lèvres avant de les jeter en étoile dans les toilettes. Sous le lavabo se trouvait une brosse qui devait appartenir à Max. Elle la passa longuement dans ses cheveux, tirant sur les boucles pour les détendre, comme autrefois le faisait sa mère avant de les natter. Sa comptine lui venait aux lèvres, *maman part quand elle veut*, mais elle avait oublié le reste des paroles. Alors, elle répéta le premier vers plusieurs fois, leur souriant dans le miroir, et Pierre, appuyé sur la terrasse de l'autre côté de leur glace sans tain, pouvait presque l'entendre. *Maman part quand elle veut. Maman part quand elle veut.*

Avant de sortir, elle embrassa de leur part François Mitterrand.

Ils avaient à nouveau tout leur temps. Un cercle s'était formé sur la terrasse, ils étaient assis par terre, ne manquaient que le feu, les étoiles de province et les pommes de terre dans l'aluminium, un cercle de chanteurs comme autrefois. La fraîcheur de la nuit faisait frissonner les épaules et tremblaient un peu les voix hésitantes mais, gloire du collectif, de piètres voix peuvent former un chœur émouvant. Ils s'assirent avec eux, suffisamment proches pour qu'à nouveau leurs bras se frôlent. Qui commença à chanter ? Peu importe car très vite advint ce qu'il devait advenir : Biais prit les commandes. Toujours la même tactique, celle du demi-temps d'avance. Après avoir chauffé sa voix avec quelques morceaux de Trenet, suivis d'un ou deux canons d'écoliers, il se leva, seul debout parmi les assis. Le visage lisse de Ludmilla exprimait l'admiration, elle faisait briller ses pupilles bleues alors qu'il chantait en la pointant du doigt, tel un mauvais gondolier.

Il avait toujours sa voix de ténor. *Des choix d'antan peut-on vraiment faire table rase ?* se demandaient-ils en le regardant se donner en spectacle. *Revenir en arrière, jusqu'aux premiers carrefours ? Enterrer les morts, leurs #bras reposés ?* Les cheveux que Jeanne avait détachés caressaient les joues enchantées de Pierre qui dit *Je t'aime tant*, si doucement qu'aucun des deux ne l'entendit vraiment. Ils étaient immobiles et l'un d'eux pensa que s'ils ne bougeaient pas, c'était bien la preuve qu'ils étaient vivants.

Biais chanta Gainsbourg. *Jour après jour les amours mortes n'en finissent pas de mourir.*

Ils chantaient à sa traîne.

Il chanta Montand.

Ami si tu tombes, un ami sort de l'ombre à ta place.

Ils chantaient avec lui, moins fort, et Jeanne s'appuyait imperceptiblement contre Pierre.

Il chanta Barbara. *L'air semble plus léger, c'est indéfinissable*, et eux derrière lui, petits moutons suivant le mauvais berger. *On a envie de se parler, de s'aimer, de se toucher, et de tout recommencer.* Soudain la sœur de Jipé se leva. Elle se retenait depuis trop longtemps : *Vous ne comprenez pas qu'il nous provoque ? Vous allez continuer de pousser la chansonnette avec lui ? Putain, mais vous êtes trop cons les gens de Paris, excusez-moi de le dire comme ça, mais chez nous, y a longtemps que le guignol aurait été gen-ti-ment raccompagné à la porte.* Elle pointait, disant cela, l'entrée de l'appartement gardée par deux Noirs que tout le monde avait fini par oublier.

Endormi par leur docilité, Biais mit un certain temps à ôter son sourire électoral du visage, le temps de comprendre que non, ils ne se fichaient pas de ce qu'il avait fait. En une fraction de seconde, tout le monde fut debout, et Pierre et Jeanne avec les autres. Le mouvement alerta les vigiles. Menés par le grand Noir, ils rappliquèrent, mettant entre Biais et le groupe toute la violence légitime d'un gouvernement qu'ils rêvaient de renverser par les urnes. Au lieu de ramener le calme sur la terrasse, leur présence provoqua un sursaut chez ces quinquagénaires d'ordinaire pacifiques. Ça sentait l'émeute et Pierre et Jeanne n'étaient pas les derniers à avoir envie de le corriger.

L'électricité passait des uns aux autres dans un grand courant de réveil. Comme si le moment d'entrer en résistance, fût-elle de la vingt-sixième heure et douce comme un baiser qui attendrait depuis trente ans d'être donné, était arrivé. Ils avaient abandonné les idéaux à leurs sarcasmes et par leurs doutes conforté leur arrogance. Ils avaient, impressionnés par la modernité dont ils se regorgeaient, accepté qu'ils livrent leurs vies aux financiers irrationnels, voyant sans mot dire se monter aux portes des villes des campings sauvages et sur les trottoirs des marchés de misère. Quelle indignation avaient-ils exprimée vraiment lorsqu'à quelques kilomètres à peine de là ils les savaient, eux, sur des parquets luxueux à tenir d'opulents banquets ? Ils avaient vu leur logique de réseaux annihiler la méritocratie de leurs aïeux et le patrimoine, tous les patrimoines, triompher des rêves d'égalité. Paralysés par leurs accusations d'angélisme, ils avaient assisté à la stigmatisation des étrangers et laissé leur police coloniser leurs quartiers, entretenir leurs peurs. Pire, ils avaient accepté qu'ils se moquent des sentiments, *ah, ah, Minou et ses bons sentiments, oh, oh, le cador du reportage lacrymal.* Même l'amour, avec leur complicité muette, ils le couvraient de leur ironie mauvaise, dénigrant ce dont ils étaient incapables. Eux, gamins faciles, avaient baissé la tête.

C'était fini. Ils se relevaient : ils ne laisseraient pas Biais régner sur la fin de leur nuit ni le mépris des siens sur leurs rêves. Le moment était venu du second tour, de la revanche des bons sentiments. Peu importe si leur audace n'était pas glorieuse, leur espoir n'était pas feint, il était même immense. Alexandre prit à parti les vigiles : *Et vous là, vous les avez vos papiers ? Vous êtes sûrs que vous êtes bien français ? Parce que, avec les Noirs, c'est quand ils sont plusieurs qu'on a des problèmes, c'est pas moi qui le dis les gars, c'est votre patron et ses potes. Même au foot, vous avez fini par devenir problématiques. Alors, vous les avez vos papiers ?*

Jipé, terrifié à l'idée qu'ils puissent se sentir insultés, intervint : *Alexandre plaisante, il ne met évidemment pas en cause votre couleur de peau, pas d'équivoque.* Mais le professeur de mathématiques n'avait pas fini. Sa voix tonnait maintenant : *Il a raison, je n'en ai pas après les Noirs, c'est pas mon problème les Noirs. Je m'interroge sur les blondes : et Ludmilla, elle a ses papiers ? Et Vladimir Ilitch, il les a ses papiers ou son petit beauf de collabo aux ordres suffit à rendre légal son petit trafic de chiens-chiens ?*

Un murmure d'acquiescement monta de l'assistance. Anne-Claude lâcha *Ah ben quand même, ça se réveille !* Un de ses fils cria depuis le fond de la terrasse : *Et ferme ta gueule, Biais, ça nous fera des vacances !* Ça fit rire les invités. Il n'y a que les membres de la *promo* qui restaient muets, gênés par cette proximité de jeunesse, embarrassés par ce qu'il était devenu : indéfendable. Leur silence valait abandon, il ne pouvait pas compter sur eux. FDM notait *in petto* que la tension idéologique avait rarement été aussi forte entre la droite et la gauche, ça pourrait lui servir pour les premières analyses du scrutin du lendemain. Nathalie mordait sa lèvre. Michel se positionnait dans le groupe de manière à ne rien rater de la scène sans être en première ligne. Pierre et Jeanne se serraient la main, un peu parce que l'agitation le permettait, un peu parce que c'était très agréable, la peau de Jeanne était si douce et celle de Pierre si chaude. Tout avait changé.

Biais ne souriait plus. Visage de glace, acéré comme une lame, il lâcha un premier jet de venin : *Je ne te permets pas, petite crevure.* Ce disant, il s'approcha d'Alexandre, menton en avant, poitrine bombée, prêt à se battre sur le champ si Ludmilla n'avait pas magnifiquement interprété la figure de la femme implorante. Le ministre, désormais échevelé, l'écarta brutalement en criant : *Ludmi, dégage !* Comme dans les bals des Cévennes un cercle se constitua autour des deux hommes, ils étaient prêts pour l'explication finale. L'excitation montait. Plusieurs personnes filmaient la scène avec leur téléphone portable et Pierre se surprit à entrapercevoir, fugace dans son esprit, surgissant comme du pays des morts, une image. Cadre très serré sur le rictus haineux du ministre. Et une autre, là : Ludmilla, surprise en flagrant délit de naturel. Alexandre avait plusieurs centimètres de plus et quelques kilos de moins que Biais mais ce dernier, tout à son duel d'honneur, ordonna à ses hommes de sécurité de ne pas intervenir. Ils reculèrent au fond de la terrasse, leur responsable crachota quelque chose d'inaudible dans un talkie-walkie. Mohamed le censeur du lycée, rompu à la séparation des belligérants de cour de récréation, tenta de ramener les deux hommes à la raison : *Allons messieurs, le jeu n'en vaut pas la chandelle. La violence ne résout rien, demain nous exprimerons nos différends dans les urnes et nous verrons bien ce que la majorité décidera.* Mais Biais voulait en découdre à tout prix. Il sautait sur place, tel un boxeur prêt à bondir sur le ring, crachant en rythme ses injures, dont quelques-unes s'imprimèrent dans les cerveaux sidérés : *petits fonctionnaires de merde, fientes d'assistés, gauchistes dégénérés, espèces de parasites, bande de naïfs avec votre bonne conscience, vos bons sentiments de merde.* Est-ce la cheville qui, à force d'être sollicitée sans échauffement, rompit sous le poids de son maître ou le croche-pattes vicieux d'un invité non identifié ? Soudain, Loïc Biais tomba, foudroyé par ce qui pouvait être, à l'oreille, une rupture du tendon d'Achille qu'on entendit claquer comme un coup de feu.

Il s'écrasa lourdement par terre.

Ils n'avaient plus vingt ans.

Il y avait quelque chose de réjouissant dans la chute de cet homme. En tombant, Biais n'entraînait pas seulement ses kilos et son arrogance. C'est toute une époque, un système à bout de souffle qui se cassait la figure, avec ses petits roitelets bouffis et ses grands Serments mensongers. Tout cela gisait avec lui qui hurlait une exagérée douleur, ils en auraient bientôt pitié mais pour l'heure ils prenaient acte : on ne doit rien aux déloyaux, pas même de les relever lorsqu'ils sont à terre. C'était peut-être sur l'échec de son pari opportuniste que pleurait Biais finalement, d'un sanglot haineux. Avec le geste de jeter l'éponge, Alexandre retourna près de ses collègues qui le félicitèrent en le tapant dans la paume de sa main, comme des joueurs de volley-ball après un point gagnant. Telle une tragédienne de sit-com Ludmilla se précipita sur son héros en susurrant *Mi amor, mi amor*. Max, catastrophé par la tournure des événements, s'enquit de prendre des nouvelles du blessé, lequel lui répondit un sonore *Ta gueule connasse !* qui lui fit monter les larmes. Peursault, le pompier de la com, estimant que la gravité de la crise justifiait son intervention à chaud, s'agenouilla vers Biais et lui parla doucement, comme on le fait avec les grands blessés : *Loïc, tout le monde a perdu son calme. Reprenons nos esprits, adressons-nous des excuses et tout sera oublié demain, les choses ne sortiront pas d'ici. Il faut éviter, tant que l'on peut, la médiatisation de l'incident. C'est encore possible. Il faut faire un geste, Loïc.* Ce à quoi Biais répondit, visiblement peu au fait de la communication de crise, *Va te faire mettre, espèce de loser de merde !* Pierre et Jeanne ne disaient rien, ne bougeaient pas, spectateurs indifférents, au premier rang et pourtant si loin de cette scène, entièrement concentrés sur leurs #bras qui voulaient encore croire qu'ils se touchaient par inadvertance.

De leur côté, les agents de sécurité évaluaient la situation : *Faut-il appeler une ambulance, monsieur ?* demanda en se penchant vers Biais leur chef. Lui aussi se fit renvoyer dans ses cordes par le ministre éructant et capricieux comme un gamin des beaux quartiers. *Dans ce cas, monsieur, notre service étant terminé depuis longtemps, nous partons,* dit très calmement le *gros Noir* avant de donner à ses troupes l'autorisation de lever le camp, un samedi soir à 2 heures du matin, il y avait longtemps qu'ils étaient en heures supplémentaires. *Nous ne sommes pas tenus d'assurer la sécurité des membres du gouvernement de seconde zone lorsqu'ils sont en situation privée et une fête d'anniversaire est incontestablement une situation privée,* expliqua-t-il à FDM qui s'enquérait du cadre réglementaire de leur présence. *C'est ça, foutez le camp, bande de macaques !* gueula Biais qui ressemblait maintenant à un hooligan ivrogne.

Cette dernière invective réveilla les instincts antiracistes des invités. *Ferme-la maintenant,* dit Alexandre, menaçant de finir le combat interrompu par la chute de Biais. Celui-ci gémit, pathétique puissant que personne ne relèverait. Ses vigiles, avant de se replier, se changeaient : ils enlevaient leur cravate, certains firent tomber leur veste. Sans leur costume, ils étaient des leurs. Anne-Claude les remercia pour leur professionnalisme, elle tint à leur offrir un verre et une part du gâteau d'anniversaire. *Je suis du même milieu que vous,* leur dit-elle, *faut pas croire qu'on est tous des bourgeois ici.* Nathalie blaguait en remontant ses cheveux par derrière avec le plus jeune d'entre eux. Biais, oublié dans son coin, se tordait toujours de douleur, tandis que sa fidèle Ludmilla parlait au téléphone dans une langue qui semblait être du russe. Son visage exprimait la détresse, sans artifice cette fois. Quelques minutes plus tard, son frère Vladimir était à la porte. Il portait greffé à son oreille un téléphone qui lui donnait l'air d'un milicien serbe, toujours plus effrayant dans les cauchemars de Pierre que les Rwandais à machette. Il prévint que des jeunes excités, visiblement au parfum de la présence du ministre chez Jipé, faisaient le guet dans le hall de l'immeuble. Max leur indiqua charitablement comment rejoindre une issue plus discrète, par les parkings souterrains. Et c'est ainsi que Loïc Biais fit sa sortie de leurs vies, claudicant et gémissant, appuyé sur l'épaule trop haute d'une jeune blonde.

À peine fut-il parti que quelqu'un trouva de nouvelles bouteilles de champagne et ce fut comme si la fête recommençait, donnant à Pierre une autre chance d'emporter Jeanne. Les bouchons sautaient, les coupes se remplissaient, et les vœux, en salves, pétillaient au-dessus du groupe qui faisait enfin corps. Jipé et Max soufflaient, souriants, soulagés, amoureux. Ils levaient leurs verres, les toasts se succédaient, À ton anniversaire ! À l'élection ! À vos amours ! À nos amours ! (Et les verres s'entrechoquant débordèrent un peu, Jeanne lécha ses doigts couverts de champagne.) Il avait fallu ce temps pour que la soirée, comme des particules dans l'eau, décante. Pierre se tenait derrière Jeanne, si près qu'ils sentaient la chaleur de leurs corps se mélanger. Il lui semblait, quelle folie, il lui semblait qu'il n'était plus orphelin, ni de parents, ni de jumeau, ni de tous les morts photographiés. Juste Pierre. Elle posait parfois sa tête sur sa poitrine sans qu'on puisse savoir si ce geste était fortuit, de fatigue ou d'abandon. Elle n'était plus la femme de Pascal et si peu la mère de Leah. Mais Jeanne.

Un concours d'imitations s'improvisa. FDM mima Max au plus fort de son stress d'organisateur, Nathalie le prof d'économie de notre deuxième année, un grand type perclus de tics, et le grand Noir osa même une rapide évocation de Biais. Anne-Claude termina en imitant à la perfection les mimiques mécaniques de Ludmilla : Ludmilla surprise, Ludmilla triste, Ludmilla joyeuse… Jipé pleurait de rire. Ils étaient heureux. Vers 4 heures du matin, la fatigue prit les corps et creusa les yeux. Les invités partirent, petites grappes d'amitié promettant de se revoir vite. Anne-Claude, ses inquiétudes de ne pas être à la hauteur des Parisiens évanouies, invita à la cantonade tous ceux qui le souhaitaient à passer les voir en province. Alors que FDM improvisait une *after* électorale chez lui, Nathalie programmait d'aller danser dans une boîte de nuit antillaise avec le grand Noir. L'on s'embrassa tendrement dans l'entrée. L'anniversaire de Jipé était déjà inoubliable.

Rien pourtant n'était décidé. Jeanne devait-elle rentrer chez elle, se blottir enfin contre sa petite Leah ? Ou feraient-ils mieux de marcher comme autrefois jusqu'à la Seine ? Aucun des deux ne se hasarda à poser la question, suspendus à l'instant dont ils feignaient de croire qu'il allait se prolonger indéfiniment et finirait bien par déboucher sur l'instant d'après, comme si un cours naturel et bienveillant des choses allait s'imposer à eux sans que jamais ils aient à se prononcer. Il suffisait de se faire légers pour se laisser porter.

Jipé, semblant percevoir leurs désirs muets, leur demanda de rester un peu pour les aider à ranger l'appartement. Ils mirent du cœur à la tâche pour remplir les sacs-poubelle, vider les cendriers, regrouper les bouteilles, remettre en place les meubles et essuyer la vaisselle. Pierre chantonnait et son visage était illuminé d'un sourire nouveau, de celui qui n'a jamais même connu la peur de mourir. Après trente ans de listes absurdes et de chaos intimes, ils mettaient enfin de l'ordre dans leur vie. Dans une grande poubelle, les guerres pour rien. Dans une autre, de même contenance, les peuples oubliés, crevés la bouche ouverte. Des containers pour les semaines de solitude, à espérer un mieux, un médicament peut-être, qui ferait sortir Rudy du couloir des fous ; des cartons profonds pour les jours à attendre un geste de Pascal, une attention, quelque chose qui ne se formulait pas en monumental serment mais en tendresse ordinaire. Des balais pour les idéaux fanés. Des serpillères pour les renoncements, les grandes eaux pour eux ! Le Kärcher ? Pour la trahison et les valeurs bafouées. Les placards, ils les vidaient, tous les cadavres emportés par des bennes. Il fallait faire place nette, ce qu'ils avaient à y installer était précieux. Ils les avaient préservés au fond d'eux, presque clandestinement, ces sentiments, ils étaient un peu poussiéreux mais ils brilleraient bientôt. Et puisque leur dette était trop élevée, ils se promettaient de la réduire. Ils n'allaient pas ressasser. Mais une chose était certaine : ils ne se laisseraient plus impressionner par les vendeurs de fatalisme et les spéculateurs de haine. Revenus de tout, surtout du désabusement, ils n'avaient plus de temps à perdre avec eux. Quand on l'assume, la naïveté n'est pas une faiblesse.

Des deux, le plus sûr de lui était Pierre. Il n'avait rien à perdre, si près de l'unique scrutin qui lui importait. Une seule voix comptait, puisque tout est politique, celle de Jeanne. Elle aussi faisait preuve d'une assurance inédite, comme si toute hésitation l'avait désertée. En alignant les verres sur leurs élégantes étagères, elle prenait définitivement acte du manquement de Pascal, comme un chef d'État comprend qu'un de ses homologues a trahi le traité bilatéral qui les liait. Elle n'allait pourtant pas faire la guerre, non, pas pour si peu. La prisonnière venait de comprendre : la porte qu'elle croyait d'acier n'était que de carton.

Jeanne s'imaginait conduire seule une voiture, c'est idiot mais c'est à cela qu'elle pensait avant le reste. Elle se voyait partant du jour au lendemain, légère, pour rejoindre un amoureux qui aujourd'hui comme il y a trente ans, avait les traits de Pierre. Elle s'entendait lui dire, sans rien promettre d'autre, *Si l'amour est ce désir sans l'inquiétude ni le calcul, il n'y a que toi que j'aime vraiment.*

Levée d'écrou, les condamnés sortent par la grande porte. Ces quelques heures les avaient changés. Jeanne plus jamais n'aurait peur d'être seule, Pierre se sentait reconstitué, tous ses membres recollés. Le sentiment de leur liberté vibrait autour d'eux, c'était un halo joyeux. Il y avait au milieu du salon cet étrange canapé jaune sur lequel ils avaient assisté, un peu en retrait, à une bonne partie de la soirée. Il était couvert des petits déchets de la fête, coquilles de pistaches et miettes de gâteau, ils entreprirent de lui faire rendre toutes les poussières accumulées. Ils étaient comme deux enfants, frappant la toile de plus en plus fort de leurs mains plates, Pierre pensait à Rudy tapant dans son punching-ball aux meilleurs jours de leur jeunesse, Jeanne était grisée, ses bras montaient et descendaient d'une manière que nul autre que Pierre n'aurait pu trouver si charmante. Ils attendaient la suite, patients, rien ne pouvait les en détourner désormais, ils le savaient. Elle vint la suite, évidente suite, douce et chaude suite, lorsque Pierre se laissa tomber sur le canapé jaune. On aurait dit qu'il avait été créé pour accueillir ce moment, Jeanne calant son doux contre le torse de Pierre, Pierre tenant enfin Jeanne dans ses bras. Ils ont murmuré longtemps, leurs voix crépitaient à leurs oreilles, épuisant leurs langues de phrases dont ils peuvent se souvenir ce matin, à la virgule près. Elles parlaient d'amour, juste de ça, et ils ne laisseraient personne dire qu'elles étaient ridicules. Ou plutôt si : ils laisseront dire les malheureux, ils ne les entendront pas.

Leur deuxième baiser portait en lui le goût des trente années passées à l'imaginer / l'oublier. Qui a commencé ? Jeanne peut-être en accrochant ses bras autour du cou de Pierre. Ou Pierre lorsque, de ce geste que rien ne pourrait jamais affadir, il passa son pouce sur les lèvres de Jeanne qui n'étaient plus framboise depuis longtemps.

Élire nos rois

[6 mai 2012]

Nous sommes arrivés juste avant l'ouverture du bureau de vote. Jeanne était la première à mettre son bulletin et celui de Pascal dans l'urne. Puis nous avons filé à la gare sans passer chez elle. Elle a juste demandé à la baby-sitter d'appeler Pascal à son réveil. J'ai promis de ne pas chercher à savoir combien de temps elle restera. Nous aurons bien le temps de mesurer les conséquences de nos choix. Dans un bar près de la gare, nous avons pris un café. Le soleil qui déjà chauffait nos peaux donnait à ce 6 mai des airs de 14-Juillet. J'ai pris la photo avec le téléphone portable tenu à bout de #bras, sans rien savoir du cadrage. Je me fous du cadrage. Le train est vide. Nous sommes assis voiture 12, nos pieds posés sur les banquettes en face des nôtres. J'ai passé mon #bras au-dessus de son épaule et elle s'est endormie contre ma poitrine. Sa tête paraît si petite.

#Jeanne, #bras, #victoire

Remerciements

Je veux remercier de tout mon cœur ma famille et mes amis pour leur patient accompagnement lors de l'écriture de ce livre, et Karina Hocine et Caroline Laurent pour leur relecture aussi exigeante que précieuse.

I. M.

Pour l'éditeur, le principe est d'utiliser des papiers composés de fibres naturelles, renouvelables, recyclables et fabriquées à partir de bois issus de forêts qui adoptent un système d'aménagement durable.

En outre, l'éditeur attend de ses fournisseurs de papier qu'ils s'inscrivent dans une démarche de certification environnementale reconnue.

CET OUVRAGE A ÉTÉ COMPOSÉ PAR FACOMPO À LISIEUX
ET ACHEVÉ D'IMPRIMER SUR ROTO-PAGE
PAR L'IMPRIMERIE FLOCH À MAYENNE
POUR LE COMPTE DES ÉDITIONS J.-C. LATTÈS
17, RUE JACOB – 75006 PARIS
EN JANVIER 2012

N° d'édition : 02 – N° d'impression : 81520
Dépôt légal : février 2012
Imprimé en France